Sam Savage

FIRMIN

SAM SAVAGE

FIRMIN

EIN RATTENLEBEN

Roman

Aus dem Amerikanischen von
Susanne Aeckerle,
Marion Balkenhol und
Hermann Gieselbusch
mit Katrin Fieber

Ullstein

Die Originalausgabe erschien 2006
unter dem Titel *Firmin. Adventures of a Metropolitan Lowlife*
bei Coffee House Press, Minneapolis, Minnesota, USA.

ISBN: 978-3-550-08742-4

Kapitel 1–5 wurden übersetzt von
Hermann Gieselbusch mit Katrin Fieber,
Kapitel 6–10 wurden übersetzt von Marion Balkenhol
und Kapitel 11–15 wurden übersetzt von Susanne Aeckerle
Gesetzt aus der Bembo
Satz: Pinkuin Satz und Datentechnik, Berlin
Druck und Bindearbeiten: Bercker, Kevelaer
Printed in Germany

Für Nora

Eines Tages legte sich Tschuang Tse schlafen,
und im Schlaf träumte er, er sei ein Schmetterling,
der fröhlich umherflog und nicht wusste,
dass es Tschuang Tse war, der ihn träumte.
Als er wieder zu sich selbst erwachte,
wusste er nicht, ob er ein Mensch war,
der träumte, er sei ein Schmetterling,
oder ein Schmetterling, der träumte,
er sei ein Mensch.

TSCHUANG TSE,
Das wahre Buch vom südlichen Blütenland

Hätte er ein Tagebuch der Schmerzen geführt,
dann hätte er bloß ein einziges Wort eingetragen:
Ich.

PHILIP ROTH

Kapitel 1

Ich hatte mir immer vorgestellt, dass meine Lebenserinnerungen, wenn ich sie jemals niederschreiben sollte, mit einem großartigen ersten Satz anfangen müssten: mit etwas Lyrischem wie Nabokovs »Lolita, Licht meines Lebens, Feuer meiner Lenden« oder, falls Lyrik nicht so mein Ding ist, vielleicht mit etwas Aphoristischem wie Tolstois »Alle glücklichen Familien ähneln einander; jede unglückliche Familie ist auf ihre eigene Weise unglücklich«. An solche Sätze erinnert man sich, wenn man alles andere in diesen Romanen schon längst vergessen hat. Den ersten Preis verdient meiner Meinung nach die Zeile, mit der Ford Madox Ford seinen berühmtesten Roman beginnt: »Dies ist die traurigste Geschichte, die ich je gehört habe.« Das habe ich bestimmt schon Dutzende von Malen gelesen, es haut mich aber immer wieder um. Ford Madox Ford war ein ganz Großer.

Seit ich um mein Debüt als Schriftsteller kämpfe, habe ich mit keiner Problemstellung so mannhaft – jawohl, das ist der richtige Ausdruck: *mannhaft* – gekämpft wie mit der Frage nach dem großartigen ersten

Satz. Ich dachte immer, wenn mir der gelingt, würde sich alles Weitere von selbst ergeben. Diesen ersten Satz stellte ich mir als eine Art Mutterschoß vor, in dem es vor ungeschriebenen Seiten nur so wimmelt, genialen Kleinodien, die ungeduldig das Licht der Welt erblicken wollen. Aus diesem Schoß würde die ganze Erzählung sozusagen hervorquellen. Kompletter Unsinn! Das Gegenteil ist richtig. Und das liegt nicht etwa daran, dass es keine großartigen ersten Sätze gibt. Lassen Sie sich zum Beispiel folgenden auf der Zunge zergehen: »Als das Telefon um drei Uhr nachts klingelte, wusste Morris Monk, noch bevor er den Hörer abnahm, dass der Anruf von einer Dame kam, und er wusste außerdem: Damen bedeuteten Probleme.« Oder diesen: »Unmittelbar bevor er von Gamels sadistischen Soldaten in Stücke gehauen wurde, überkam Colonel Benchley die Vision des kleinen weißen Hauses in Shropshire mit Mrs Benchley im Eingang und mit den Kindern.« Oder diesen: »Paris, London, Dschibuti, das kam ihm jetzt alles unwirklich vor, als er wieder vor den Überbleibseln eines Thanksgiving-Essens saß neben seiner Mutter, seinem Vater und diesem Blödmann Charles.« Sätze wie diese machen auf jeden Fall Eindruck. Sie sind so bedeutungsschwanger, ja, ich möchte sagen, so bedeutungsgeladen, dass sie schier platzen vor ganzen ungeschriebenen Kapiteln – noch ungeschrieben, aber doch vorhanden, schon da!

Leider, leider waren sie in Wirklichkeit nichts als Seifenblasen, Trugbilder allesamt. Jeder dieser wundervollen, vielversprechenden Sätze war wie ein Geschenk in den Händen eines neugierigen Kindes, in der

Schachtel bloß Schotter und Schmutz, doch wie verführerisch das rasselte! Das Kind denkt: Bonbons! Ich dachte, es sei Literatur. All diese Sätze – und noch viele, viele mehr – stellten sich keineswegs als Sprungbrett in den großen, ungeschriebenen Roman heraus, sondern als unüberwindliche Barriere. Sie waren einfach *zu gut*. Ich könnte ihnen niemals gerecht werden. Einige Autoren erreichen nie wieder das Niveau ihres ersten Romans. Ich konnte nie das Niveau meiner großartigen ersten Sätze halten. Und nun schauen Sie mich an. Wie habe ich das hier angefangen, mein Hauptwerk, mein Opus magnum? »Ich hatte mir immer vorgestellt, dass meine Lebenserinnerungen, wenn ich sie jemals niederschreiben sollte …« »Wenn ich … jemals … sollte« – du liebe Güte! Ein klarer Fall von hoffnungslos. Sofort streichen!

Dies ist die traurigste Geschichte, die ich je gehört habe. Sie fängt wie alle wahren Geschichten irgendwo an. Die Suche nach ihrem Anfang kommt dem Versuch gleich, die Quelle eines Flusses zu entdecken. Monatelang paddelst du unter sengender Sonne stromaufwärts, links und rechts ragen triefnasse Urwaldwände empor, durchweichte Landkarten lösen sich in deinen Händen auf. Falsche Hoffnungen, dichte Schwärme stechender und beißender Insekten sowie die Kapriolen deines Gedächtnisses machen dich fast wahnsinnig, und was hast du am Ende erreicht? Was ist die ultima Thule deiner ganzen lachhaften Entdeckungsreise? Ein Sumpfloch im Urwald, mehr nicht. Oder auf eine Geschichte übertragen: eine vollkommen belanglose Äußerung oder Handlung. Trotzdem, irgendwo an einer mehr oder weniger willkürlich ausgesuchten Stelle zwischen dem Sumpfloch und dem Meer sticht der Kartograf seinen Kompass ins Blatt, und genau da entspringt nun der Amazonas.

Bei mir, dem Seelenkartografen, ist es genauso, wenn ich mich auf die Suche nach dem Anfang meiner Biografie mache. Also schließe ich die Augen und steche irgendwo hin. Ich mache die Augen wieder auf und erkenne einen flüchtigen Moment, durchbohrt von meiner Kompassnadel: »13. April 1961, 15:17 Uhr«. Ich kneife die Augen zusammen und stelle sie scharf. Zitternadel, wo zeigst du hin, wo ist das Kerlchen ohne Kinn? Und schon erscheine ich auf der Bildfläche – ich, wie ich früher mal ausgesehen habe. Zaghaft spähe ich über die Kante eines Balkons, man erkennt nur meine Nasenspitze und ein Auge. Dieser Balkon war ein günstiger Posten für einen Beobachter, einen heimlichen wie mich. Von da oben konnte ich den gesamten Laden überblicken, ohne dass mich jemand von unten hätte entdecken können. An dem Tag war der Laden voll, es waren mehr Kunden da als gewöhnlich an Werktagen, ihr Gemurmel erfüllte angenehm den Raum. Es war ein schöner Nachmittag im Frühling, und einige der Leute da unten waren vermutlich ein bisschen bummeln gegangen mit etwas Zeit und ohne Ziel, als ihre Aufmerksamkeit von einem großformatigen, handgemalten Plakat im Schaufenster des Ladens angezogen wurde: 30% RABATT AUF JEDEN EINKAUF ÜBER 20 DOLLAR. Damals verstand ich davon noch nichts, ich meine davon, was diese Kunden in den Laden gelockt hatte, weil ich ja vom Tauschwert des Geldes noch nichts wusste. Überhaupt brauchen der Balkon, der Laden, die Kundschaft, ja, sogar der Frühling so viele Erklärungen und Exkurse, dass darunter der Erzählfluss leiden würde, den ich mir lieber rasant vorstelle. Ich bin offensichtlich zu weit gegangen – in meiner Begeisterung, die ganze Geschichte in Gang zu setzen, bin ich über das Ziel hinausgeschossen. Wir wissen vielleicht nie, wann und wo eine Geschichte anfängt, aber manchmal können wir doch sagen, wo sie mit Sicherheit nicht beginnt, da nämlich, wo der Wasserlauf bereits Fluss ist.

Ich schließe die Augen und steche wieder irgendwo hin. Wieder zittert die Kompassnadel. Ich entfalte den flüchtigen Augenblick und stecke vorsichtig dessen Flügel auf dem Tisch fest: »9. November 1960, 1:42 Uhr«. Es war nasskalt auf dem Scollay Square in Boston, und die arme unerfahrene Flo – die ich schon bald Mam nennen würde – hatte in der Cornhill im Keller eines Ladens Unterschlupf gefunden. In Todesangst hatte sie es fertiggebracht, sich in den äußersten Winkel eines breiten Spalts zwischen einem Metallrohr und der Betonmauer zu quetschen, wo sie nun zusammengekauert hockte und vor Furcht und Kälte zitterte. Von der höher gelegenen Straße her konnte sie hören, wie Geschrei und Gelächter über den Scollay Square hinweghallte. Diesmal hätten die sie fast erwischt – fünf Burschen in Matrosenanzügen, die herumtrampelten, kickten und brüllten wie die Verrückten. Sie war im Zickzack erst hierhin geflitzt, dann dorthin, um die

Kerle zu täuschen, und in der Hoffnung, dass sie sich gegenseitig umrennen würden. Aber dann war eine blank geputzte Schuhspitze gegen ihre Rippen geknallt und hatte sie quer über den Gehweg durch die Luft geschleudert.

Wie sie sich retten konnte?

So, wie wir uns alle immer retten. Durch ein Wunder: Dunkelheit, Regen, eine angelehnte Haustür oder der verknackste Fuß eines Verfolgers. *Verfolgen und Entkommen in Amerikas Städten.* In wilder Panik hatte sie es fertiggebracht, sich irgendwie um das gebogene Metallding herumzuschlängeln und dahinter zu verstecken, wo sie nur ein schwacher Lichtschimmer aus dem Keller erreichte. Und da blieb sie nun lange sitzen, ohne sich zu rühren. Um den Schmerz an den Rippen zu lindern, schloss sie die Augen und konzentrierte ihre Gedanken auf die köstliche Wärme, die langsam ihren ganzen Körper durchflutete. Das Metallding strahlte eine wohlige Wärme aus. Seine emaillierte Glätte fühlte sich weich an, sie schmiegte ihren zitternden Körper daran. Vielleicht schlief sie ein. Ich bin mir sogar sicher: Sie schlief dort und wachte erfrischt auf.

Nicht lange, und sie wird sich voller Angst und Bangen aus ihrer Höhle hervorgewagt und in den Kellerraum hineingetraut haben. Eine schwach summende Neonröhre hing da an zwei verdrehten Kabeln unter der Decke und tauchte ihre ganze Umgebung in ein bläuliches Flimmern. Sagte ich »*ihre* Umgebung«? Dass ich nicht lache. *Meine* Umgebung! Denn rings um sie herum, wohin sie auch blickte, gab es nichts als

Bücher. An jeder Wand standen bis unter die Decke reichende unlackierte Holzregale, vollgestellt mit Büchern, Reihe um Reihe. In der Mitte verlief ein etwa brusthoher Raumteiler, auf beiden Seiten ebenfalls vollgestopfte Regale. Bücher meist größeren Formats lagen quer über die Buchreihen gequetscht. Andere wuchsen in zikkuratartigen Stufentürmen aus dem Boden oder lagen in wackligen Stapeln oder rutschenden Haufen oben auf dem Raumteiler. Dieser warme, muffige Ort, an dem sie Zuflucht gefunden hatte, war ein Büchermausoleum, ein Museum vergessener Kostbarkeiten, ein Friedhof der Ungelesenen und der Unlesbaren. Alte Schwarten mit Ledereinband, aufgeplatzt und angeschimmelt, standen Rücken an Rücken zwischen Ramschware neueren Datums, bei der die vergilbten Seiten an den Rändern schon braun und brüchig wurden. Da gab es satteltaschenweise Wildwestromane von Zane Grey, kistenweise düstere Predigtsammlungen, veraltete Lexika, Memoiren aus dem Ersten Weltkrieg, Streitschriften gegen den New Deal, Ratgeber für die Moderne Frau. Aber Flo hatte natürlich keine Ahnung, dass das, was sie da vor sich sah, Bücher waren. *Abenteuer auf dem Planeten Erde.* Ich male mir gern aus, wie sie auf diese befremdliche Landschaft blickt – ihr liebes, abgespanntes Gesicht, ihre stämmige, nein: ihre rundliche Figur, ihre glitzernden, verschreckten Augen und die entzückende Art, wie sie ihre Nase rümpft. Manchmal lege ich ihr einfach nur so ein kleines blaues Tuch um und knote es unter dem Kinn zusammen – ein bezaubernder Anblick. Meine Mam!

An einer Wand entdeckte sie weit oben zwei kleine Fenster. Die Scheiben waren rußgeschwärzt, man konnte kaum hindurchschauen. Draußen herrschte noch dunkle Nacht, so viel konnte sie immerhin erkennen. Ferner konnte sie hören, wie der Straßenverkehr lebhafter wurde. Aus langer Erfahrung wusste sie, dass nun ein neuer Arbeitstag anbrach. Oben würde der Laden aufgemacht, vielleicht würden Menschen über die steile Holztreppe in den Keller kommen. Menschen treppab, womöglich auch noch Männer mit ihren großen Füßen, Riesenschuhen! *Bums!* Sie musste sich beeilen, und zwar – das soll nun doch einmal verraten werden – nicht nur, weil sie nicht scharf darauf war, noch einmal den Seeleuten zu begegnen, einen Fußtritt zu kassieren oder noch weit Schlimmeres. Nein, sie musste sich vor allem beeilen wegen der Riesensache, die in ihrem Inneren vorging. Nun ja, streng genommen handelte es sich nicht um eine Sache, obwohl sie tatsächlich etwas in sich trug (gleich dreizehnfach), sondern eher um ein Geschehen, welches die Menschen mit ihrem kolossalen Sinn für Humor »freudiges Ereignis« nennen. Ein solches freudiges Ereignis stand fraglos unmittelbar bevor. Die Frage ist nur, wessen freudiges Ereignis es war. Ihres? Oder meins? Fast mein ganzes Leben habe ich freudige Ereignisse im Leben anderer erwartet, nur nicht in meinem. Aber lassen wir mich mal aus dem Spiel – wenn das nur ginge! – und kommen zurück auf das Geschehen da unten im Keller: Das besagte freudige Ereignis stand also unmittelbar bevor. Jetzt blieb abzuwarten, wie Flo (oder Mam) damit umgehen würde.

Dann will ich Ihnen also mal erzählen, wie sie damit umgegangen ist.

Sie ging zu dem Regal, das direkt neben ihrer kleinen Höhle hinter dem warmen Metallding stand, und zog das größte Buch, auf das sie ihre Pfoten legen konnte, zu sich herunter. Sie schlug es auf, stemmte sich fest in eine Seite und zerriss sie mit ihren Zähnen, machte Konfetti daraus. Mit der nächsten Seite verfuhr sie genauso und auch noch mit einer dritten. An dieser Stelle, merke ich, kommen Zweifel auf. Ich höre Sie schon fragen, woher ich denn weiß, dass sie das *größte* Buch genommen hat. Wie Jeeves zu sagen beliebt: Das ist eine Frage der individuellen Psychologie. Das Individuum, um das es hier geht, ist Flo, meine künftige Mutter. »Rundlich« war eine wohl eher freundliche Beschreibung. Sie war nämlich aasig fett und von der alltäglichen Mühsal, ihre Fettmassen mit Nachschub zu versorgen, schrecklich genervt. Genervt und verfressen. Angetrieben vom millionenstimmigen Hungergeschrei schmachtender Zellen, musste sie immer und überall die dicksten Brocken an sich reißen, auch wenn sie schon zum Platzen voll war und nur noch Ränder anknabbern konnte. Womit das Ganze für alle anderen natürlich verdorben war. Also ist klar, warum sie auf das größte Buch losging.

Hin und wieder stelle ich mir vor, dass während der ersten Augenblicke in meinem Kampf ums Dasein, begleitet von einem Triumphmarsch, *Moby Dick* zu Konfetti zerfetzt wurde. Das würde meine angeborene Abenteuerlust erklären. An Tagen, an denen ich mich wie ein echter Außenseiter und Freak fühle, suche ich die Schuld bei *Don Quijote.* Hören Sie sich das mal an: »Schließlich versenkte er sich so tief in seine Ritterromane, dass ihm die Nächte vom Zwielicht bis zum Zwielicht und die Tage von der Dämmerung bis zur Dämmerung über dem Lesen hingingen; und so, vom wenigen Schlafen und vom vielen Lesen, trocknete ihm das Hirn so aus, dass er zuletzt den Verstand verlor. Zuletzt, da er mit seinem Verstand völlig zu Ende gegangen, verfiel er auf den seltsamsten Gedanken, auf den jemals in der Welt ein Narr verfallen; nämlich es deuchte ihm angemessen und notwendig, sowohl zur Mehrung seiner Ehre als auch zum Dienste des Gemeinwesens, sich zum fahrenden Ritter zu machen.« So steht er vor uns, der Ritter von der traurigen Gestalt: töricht, eigensinnig, ein Narr, naiv bis zur Blindheit, idealistisch bis zur Groteske – und wer soll das sein, wenn nicht ich? Ich war schon immer, und das ist die Wahrheit, ein Spinner. Allerdings greife ich keine Windmühlen an. Ich mache etwas noch Verrückteres: Ich *träume* vom Kampf gegen Windmühlen, ich *sehne* mich nach der Attacke auf Windmühlen, und manchmal *bilde ich mir ein*, ich hätte gegen Windmühlen losgeschlagen. Und was ist am Ende daran so anders? Ein hoffnungsloser Fall ist ein hoffnungsloser Fall. Doch will ich darauf jetzt nicht herumreiten. Das kommt später.

Mam hatte einen gewaltigen Haufen Papierschnipsel produziert, den schob und schaufelte sie nun mit aller Kraft in diese kleine dunkle Höhle, die sie gefunden hatte. Hier dürfen wir uns nun keinesfalls durch die leidige Kakophonie ihres fettleibigen Ächzens und Stöhnens so stark ablenken lassen, dass wir die alles entscheidende Frage aus dem Auge verlieren: Woher stammte denn all das Papier? Wessen zerhackte Wörter und zerrissene Sätze hatte Mam zu einer undefinierbaren Masse verquirlt, die kurz darauf mein Geworfensein ins Sein etwas abfedern sollte? Ich strenge meine Augen an, um etwas zu erkennen. Da, wo sie das Papier hingeschoben hat, ist es arg dunkel. Eifrig trampelt sie es in der Mitte fest und häuft es an den Rändern auf, was ich nur mitbekomme, weil ich mich aus dem Zeitfenster hinauslehne, in dem meine Geburt sich vollzieht. Aus großer Höhe schaue ich hinunter und lasse meine Vorstellungskraft zu einer Art Fernrohr werden. Ich glaube, ich seh's. Ja, jetzt kann ich es erkennen. Die gute Flo hat aus *Finnegans Wake* Konfetti gemacht. Joyce war ein Großer, vielleicht der Größte. Ich wurde jedenfalls geboren, gebettet und gestillt auf dem ungelesensten Meisterwerk der Weltliteratur.

Ich komme aus einer großen Familie, wir waren dreizehn Geschwister. Bald kämpften wir alle um die zwölf Zitzen: Sweeny, Chucky, Luweena, Feenie, Mutt, Peewee, Shunt, Pudding, Elvis, Elvina, Humphrey, Honeychild und Firmin (das bin ich, die Nummer dreizehn). Ich kann mich an alle nur zu gut erinnern. Sie waren Monster. Blind und nackt, besonders nackt, strotzten ihre Leiber vor Sehnen und Muskeln, jedenfalls kam es mir damals so vor. Nur ich wurde mit vollständig geöffneten Augen geboren und mit einem schlichten Haarkleid aus weichem grauem Pelz. Abgesehen davon war ich schwächlich. Und glauben Sie mir: Schwächlich ist schrecklich, vor allem wenn man klein ist.

Denn diese Eigenschaft wirkte sich extrem nachteilig auf meine Fähigkeit aus, erfolgreich an der Fütterungsprozedur teilzunehmen. Die lief etwa folgendermaßen ab: Wo immer sie gewesen sein mochte, Mam stürzt nach Hause in den Keller, übel gelaunt wie gewöhnlich. Unter Jammern und Klagen, als hätte sie eine Heldentat zu vollbringen, die keine andere Mutter auf Erden sich auszudenken, geschweige denn zu leisten vermochte, plumpst sie ins Bett und schläft sofort ein – mit offenem Mund, schnarchend, bekommt sie nichts mit von dem Chaos, das auf der Stelle losbricht. Kratzen, Schubsen, Beißen, Kreischen, damit raufen wir dreizehn uns alle gleichzeitig um die zwölf Zitzen. *Milch und Manie.* Nach diesem wilden Zizzicato blieb fast jedes Mal am Schluss ich übrig. Manchmal nenne ich mich selbst »das Überbleibslich«. Es so zu sehen tut mir gut, finde ich. Und selbst wenn ich es ausnahmsweise einmal schaffte, als Erster dranzukommen, wurde ich sehr schnell von einem meiner robusteren Geschwister beiseitegeräumt. Dass ich meine Familie lebend überstanden habe, ist ein Wunder. Tatsächlich verdanke ich mein Überleben fast ausschließlich Essensresten. Und noch heute spüre ich bei dem Gedanken an damals mit Grauen, wie mir die Zitze aus dem Mund flutscht, während ich an den Hinterbeinen weggezerrt werde. Die Leute beschreiben Verzweiflung als ein hohles Gefühl im Bauch, als Schüttelfrost oder Übelkeit, für mich bleibt sie immer verbunden mit dem Gefühl des Wegflutschens aus meinem Mund.

Aber was höre ich da? Ein Schweigen, ein *peinliches* Schweigen. Sie reiben sich das Kinn und denken: »Damit ist also alles erklärt. Dieser Typ hat sein ganzes sinnloses Leben damit zugebracht, nach der dreizehnten Zitze zu suchen.« Was soll ich dazu sagen? Soll ich mich reuig in den Staub werfen und um Gnade flehen? Oder soll ich mich dagegen auflehnen und schreien: »Das ist *alles*? Ist das wirklich *alles*?«

Kapitel 2

Jeden Abend liess uns Mam allein zu Hause und schlich sich hinaus auf den Platz, »nach oben«, wie wir es nannten, um für Nachschub zu sorgen. Diese Gegend war damals perfekt für die Futtersuche. Zu später Stunde, wenn die Bars und Striplokale dichtgemacht hatten, ließen die meisten Passanten ihre Abfälle einfach auf den Bürgersteig fallen. Papiertüten, zerknüllte Bierdosen, Zigarettenpackungen, Erbrochenes, aber auch allerhand nahrhaftes Zeug, manchmal ganze Mahlzeiten, unangetastet. Außerdem hatte es die Bostoner Stadtverwaltung auf das Pack im Viertel abgesehen, damals so ziemlich alle, die dort lebten, und stellte die Straßenreinigung ein, um die Unerwünschten zu schikanieren. Überall lag Essbares herum, und die Menschen mussten aufpassen, wo sie hintraten.

Mam ließ uns eine halbe Ewigkeit allein, und wir tobten im Dunkeln herum, obwohl wir absolut leise sein sollten, wir waren ja keine legalen Mieter. Genau genommen waren wir Hausbesetzer, obwohl klar erkennbar die ganze Chose, der Buchladen, die Striplokale und selbst die Mülltonnen, direkt auf den Untergang zusteuerte und wir als Trittbrettfahrer gleich mit. Vielleicht wäre der beste Ausdruck für uns *blinde Passagiere* gewesen. Aber davon ahnten wir noch nichts, ich meine: von der Reise in den Untergang. In dem Alter glaubt man, alles bleibt, wie es ist.

Nach endlosen Stunden, so schien es uns, als wir schon am Verhungern waren, hörten wir sie endlich nach Hause kommen. *Uns* hatte sie eingeschärft, absolut still zu sein, und was machte Mam? Die rumste und polterte die Treppe herunter.

Ich will nicht lange drum herumreden: Mam war so etwas wie eine Schnapsdrossel. Deswegen – und wegen ihres gewaltigen Leibesumfangs – hatte sie Probleme beim Heruntersteigen. Zu jener Zeit konnte man in unserer Wohngegend auf dem Gehweg überall Alkoholpfützen auflecken, und Flo tat sich keinen Zwang an, auf dem Pfad der Tugend zu bleiben. Das gehörte nun mal zu ihr, und das gehörte zu der Gegend, in der wir wohnten. Also hatte sie immer ganz schön getankt, wenn sie endlich nach Hause torkelte, wodurch sich wahrscheinlich erklärt, wieso sie mitten im tollsten Gedrängel und Gequengel auf der Stelle einschlafen konnte. Augen zu und losschnarchen, typisch Mam. Viele Leute haben Eltern, die trinken, das ist nichts Besonderes. Im Nachhinein kann ich jedoch erkennen, dass dies in meinem Fall ein großes Glück war und mir wahrscheinlich das Leben gerettet hat. *Alkoholismus als Hoffnungsschimmer: Geschichte einer Kindheit.* Wenn sie von ihren Streifzügen da oben nach Hause wankte, hatte sie gewöhnlich so viel von dem Gesöff intus, dass ihre Milch einem zu Kopfe stieg. Allerdings nicht meinem. Denn ich stand wie immer im Abseits und musste am Daumen lutschen, während alle anderen das süffige Zeug, das Mam mitgebracht hatte, in vollen Zügen schlürften und schluckten, Zeug, das bei offener Flamme Feuer gefangen hätte. Doch am Ende hatte der Alkohol auf meine Brüder und Schwestern dieselbe Wirkung wie auf unsere Mam: Einer nach dem anderen nickten sie ein, die Zitzen schlüpften eine nach der anderen aus ihren kleinen rosa Mäulern. Wenn es so weit war, hatte sich der Alkohol in Flos Blut natürlich längst verflüchtigt, und ihre Muttermilch floss wieder sauber und rein. Ich brauchte also nur über die Reihen schlafender kleiner Säuflinge hinwegzukriechen und konnte dann in aller Ruhe von Zitze zu Zitze gehen und aus jeder die letzten köstlichen Tropfen heraussaugen. Genug war es nie. Aber es reichte, um mich am Leben zu halten, wenn auch nur knapp.

Ich muss mich nicht mehr aus dem Zeitfenster meiner Geburt hinauslehnen, um Mam nahe zu sein. Jetzt liege ich rücklings auf dem Konfetti, niedliche rosa Füßchen strampeln über mir, und dabei schaue ich zu ihrem massigen Mutterleib. Das tat ich viele Male. Doch das Bild, das mir von Mam blieb, bietet außer ihrer Massigkeit nicht viel mehr, nur etwas Konturloses, Verschwommenes. Ich reiße die Augen auf, ich lege mein Fernrohr an, stelle es scharf – und sehe so gut wie nichts. Wenn ich an Mam denke, kommt mir nichts in den Sinn als ein paar *Wörter.* Ich konzentriere mich so stark, dass ich fast ohnmächtig werde, und trotzdem ist da nicht mehr als ein unförmiges Etwas und die Wörter *nicht genug Zitzen* – und dazu ein dicker Mief aus Sägemehl und Bier wie in einer Kneipe.

Es war mir nicht vergönnt, in der sogenannten realen Welt viel herumzukommen, aber im Geiste bin ich doch sehr viel auf Reisen gewesen, habe meine Gedanken hierhin und dahin gelenkt. Auf einer solchen »Reise« begegnete ich irgendwann in einer Bar einem Mann, der mir davon erzählte, was er als kleiner Junge Ende des Krieges, gemeint war Ende des Zweiten Weltkrieges, in Berlin erlebt hatte. Nach der Bombardierung lag die ganze Stadt in Schutt und Asche, es sah dort also genauso aus wie am Scollay Square etwas später in meiner Geschichte. Es war Winter, es war eisig, und es gab nichts zu essen. In dem Trümmerhaus, in dem er lebte, war es dunkel und kalt, weshalb dieser kleine Junge die meiste Zeit draußen auf dem Trottoir an einer Mauer hockte, die etwas Sonne abbekam und ein bisschen Wärme spendete. Stundenlang saß er da, jeden Tag, und träumte vom Essen. In der Straße vor seinem Haus klaffte ein großer Bombentrichter. Den hatte man zugeschüttet, aber ein tiefes Schlagloch war geblieben. Eines Tages fuhr ein mit Kohlen beladener Laster diese Straße entlang. Der Fahrer hatte das Loch nicht rechtzeitig gesehen, und, *rumms!*, krachte er mitten rein. Der Laster machte einen gewaltigen Satz und verlor eine Menge Kohlen. Angehalten hat der Fahrer aber nicht, sondern war weitergebraust und dann abgebogen. Für einen Augenblick lag die Straße still in der Sonne, übersät mit Kohlen. Ein kleines Stück war dem Jungen direkt vor die Füße gekullert. Sekunden später flogen wie auf Befehl überall die Türen auf, und die Bewohner, überwiegend Frauen, kamen auf die Straße gerannt. Starr vor Staunen, sah der kleine Junge, wie alle sofort nach den Kohlenstücken grapschten, sie in ihre Schürzen und Körbe taten und sich darum zankten. Er setzte einen Fuß auf das Bröckchen vor ihm, und später, als alle Leute sich wieder nach drinnen verzogen hatten, steckte er es in seine Tasche. Aus dem Verhalten der Frauen schloss er, dass es sich um etwas sehr Wertvolles handeln musste, obwohl er keine Ahnung hatte, was es war. Er verzog sich hinter eine Ecke, nahm das Ding aus der Tasche und schob es sich in den Mund.

Bei Hungersnöten in Afrika essen darbende Kinder auch Erde. Wenn man richtig ausgehungert ist, steckt man sich alles in den Mund. Das Kauen und Runterschlucken von irgendetwas ist an sich, auch wenn es keinerlei Nährwert hat, Nahrung fürs Träumen. Und Träume von Nahrung sind wie andere Träume – man kann davon leben, bis man stirbt.

Im Keller des Buchladens, wo wir wohnten, gab es keine Kohlen und keine Erde. Was es gab, und zwar reichlich, war Staub. Aber Staub kann man nicht essen. Der klebt am Gaumen fest, man kann ihn nicht schlucken. Papier hingegen, das begriff ich schnell, hat eine ausgezeichnete Konsistenz und manchmal auch einen annehmbaren Geschmack. Man kann auf einem Klumpen stundenlang herumkauen, wie auf Kaugummi. Beiseitegeschubst von meinen kraftstrotzenden Geschwistern, vertrieb ich mir die Zeit damit, die quälende Leere in meinem Bauch mit üppigsten imaginären

Mahlzeiten zu füllen. Ich fing damit an, das Konfetti unter mir zu kauen.

Auch wenn ich gerade erst meine Babyzeit hinter mir hatte, dieser Augenblick war der Anfang von meinem Ende. Wie so oft bei kleinen unschuldigen Freuden wurde das Papierkauen für mich bald zu einer Gewohnheit mit ihren spezifischen Zwängen, dann zu einer Sucht, zu einer tödlichen Gier, deren Befriedigung mit solchen Wonnegefühlen verbunden war, dass ich oft die erste freie Zitze ausließ. Stattdessen stand ich da und kaute, bis der Klumpen in meinem Mund eine leckere Paste geworden war, die ich mit der Zunge gegen den Gaumen drücken oder in reizvolle Formen bringen konnte, ehe ich alles genüsslich hinunterschluckte. Leider hinterließ das zerkaute Papier im Mund und auf der Zunge einen klebrigen Belag, der sehr hartnäckig war, so dass ich stundenlang unangenehm vor mich hin schmatzte.

Klein fing ich an, naschte hier ein bisschen und da ein bisschen, aber im Handumdrehen war ich nicht mehr zu bremsen und hatte in wenigen Tagen so viel vom gemeinsamen Lager weggefuttert, dass bereits an einigen Stellen der nackte Betonboden durchschaute. Das sorgte dauernd für Spannungen zwischen mir und den anderen und trug mir sogar allerhand Prügel ein, konnte mich aber nicht davon abbringen. Ich kann sehr willensstark sein, wenn ich mir etwas in den Kopf gesetzt habe.

Zu guter Letzt musste Mam, um der Streiterei ein Ende zu setzen, sich aufraffen und noch ein paar Seiten aus dem Großen Buch herbeischleppen. Wir waren inzwischen schon recht weit entwickelt und konnten uns an der Zerreißparty beteiligen. Fiepend vor Freude, veranstalteten wir ein ausgelassenes Reißen und Rupfen. Nichts erzeugt so zuverlässig ein Gefühl der Zusammengehörigkeit wie gemeinsam angerichtete Zerstörung. Damals, in dem wüsten Durcheinander, fühlten wir uns ein paar Minuten lang wirklich wie eine große glückliche Familie. Wenn man mich nach meiner Kindheit fragt, erzähle ich jedes Mal diese Geschichte, nur um zu zeigen, wie normal wir waren.

Es versteht sich, dass die Nachlieferung von so viel frischem Papier, auf das noch niemand geknökt oder gepinkelt hatte, keineswegs dazu beitrug, meinen Appetit zu zügeln. Ich muss ganze Kapitel verfrühstückt haben, bis ich groß genug war, auf meinen wackligen vieren aus unserem dunklen Versteck in den flimmernden Raum aufzubrechen. Diese durchgekauten Seiten, davon bin ich überzeugt, waren die Ernährungsgrundlage, vielleicht sogar die eigentliche Ursache für das, was ich in aller Bescheidenheit als meine außergewöhnliche geistige Entwicklung bezeichnen möchte. Man stelle sich vor: eine Weltgeschichte in vier Teilen, Philosophie, Psychoanalyse, Linguistik, Astronomie, Astrologie, Hunderte von Flüssen, Schlager, die Bibel, der Koran, die Bhagavad Gita, das Tibetanische Totenbuch, die Französische Revolution, Hunderte von Insekten, Verkehrszeichen, Werbeanzeigen, Kant, Hegel, Swedenborg, Comicstrips, Wiegenlieder, London und Saloniki, Sodom und Gomorrha, Literaturgeschichte, Geschichte Irlands, Anklageschriften abscheulicher Gräueltaten, Bekenntnisse, Geständnisse, Apologien,

Tausende Wortspiele, Dutzende Sprachen, Rezepte, schweinische Witze, Krankheiten, Kindsgeburten, Hinrichtungen – all dies und noch viel mehr habe ich mir einverleibt, hab's verschlungen, muss ich zugeben, noch ehe ich reif dafür war. Ich trage in mir, förmlich in den Eingeweiden, die lebhafte Erinnerung an meine frühe Kindheit, wie ich da zusammengerollt in einer dunklen Ecke auf einer Schicht aus Papierfetzen liege (meinen künftigen Mahlzeiten), wie ich meinen grotesk aufgedunsenen Bauch umklammere und vor Schmerzen stöhne. Oh diese Schmerzen, diese lang gezogenen, sich steigernden Krämpfe, die sich bohrend und stechend durch meinen erschaudernden Verdauungstrakt fortpflanzten. Noch heute wundere ich mich, dass diese regelmäßig durchlittene Agonie mich nicht vom Papierkauen Abstand nehmen ließ. Das tat sie natürlich nicht. Ich brauchte nur das Nachlassen der Schmerzen abzuwarten, und schon fing ich wieder damit an, und oft konnte ich mich nicht einmal so lange beherrschen.

Wird da gelacht? Ich nehme an, für Sie ist das ein gewöhnlicher Fall von Abhängigkeit oder Sie erkennen womöglich die traurigen Symptome einer klassischen Zwangskrankheit, womit Sie zweifellos recht haben. Doch die Diagnose Sucht greift zu kurz, sie reicht nicht weit genug, um diesen Hunger zu beschreiben. Ich würde ihn gern *Liebe* nennen. Unausgereift vielleicht oder sogar pervertiert, eindeutig unerwidert, aber auf jeden Fall Liebe. Hier stoßen wir auf den noch klebrigen Keim jener Leidenschaft, die mein Leben beherrschte, manche würden sagen: ruinierte, und ich würde das nicht einmal abstreiten. Wäre ich nicht so kindlich-naiv gewesen, hätte ich die qualvollen Bauchschmerzen als Folge dieser Leidenschaft erkennen können und als ominöse Vorboten der endlosen Leiden, die offenbar immer mit Liebe einhergehen.

Jeden Tag die gleiche Kost – in meinem Fall sogar pausenlos, wenn man das Herumkauen auf dem klebrigen Belag nach den Mahlzeiten hinzurechnet –, da verliert selbst das leckerste Essen irgendwann seinen Reiz. Ich schäme mich, es zuzugeben, aber mit der Zeit büßte das Große Buch viel von seinem Zauber ein, wurde fader und fader, zunehmend geschmacklos, eintönig, kaum besser als Pappe. Ich musste meine Ernährung umstellen. Und: Ich hatte vom Verprügeltwerden allmählich die Nase voll.

Also beschloss ich eines Tages, meiner Familie eine Pause zu gönnen und mein Gekaue draußen im Bücherlager abzuhalten. An einem Sonntagmorgen zog ich los. Der Laden oben war geschlossen, auf dem Scollay Square fuhren kaum Autos, die das Schnarchkonzert meiner betäubten Familie mit ihrem fernen Summen hätten untermalen können. Ich rutschte, mit der Nase voran, den Schacht von unserer Wohnecke hinab ins Flimmerlicht und stieß als Erstes auf das Große Buch, das aufgeklappt auf dem Estrich lag – oder das, was davon übrig war. Ich erkannte es sofort am Geruch. Beim Einatmen dieses hoch konzentrierten Dufts, ausgehend von Hunderten von dicht gebündelten Seiten, wurde mir leicht schwindlig. *Vom Genieblitz getroffen.* Ich richtete meinen Blick auf die Bücherreihe im untersten Regalfach, aus dem Mam den Band herausgezerrt hatte. Dabei entdeckte ich, dass ich die Titel mühelos lesen konnte. Offensichtlich litt ich bereits in diesem jungen Alter an der unheilvollen Begabung in »lexikalischer Hypertrophie«, die so viel dazu beigetragen hat, den glatten Verlauf eines ansonsten so vollkommen normalen Lebens nachhaltig zu stören. Über diesen Regalfächern war ein von Hand beschriftetes Schild angebracht, darauf stand LITERATUR, und ein blauer Pfeil zeigte nach unten. Auf meinen Erkundungsgängen durch den Keller stieß ich in den folgenden Tagen und Wochen auf noch mehr Schilder, auf denen stand GESCHICHTE, RELIGION, PSYCHOLOGIE, NATURWISS., SONDERANGEBOTE und TOILETTE.

Diese Zeit betrachte ich als die prägende Phase meiner Bildungsbiografie, wenngleich das Verlangen, das mich aus meinem behaglichen Winkel hinaustrieb in die weite Welt, noch kein echter Wissensdurst war. Als Erstes nahm ich mir das nächstbeste Regal mit LITERATUR vor. Ich leckte, knabberte, probierte und ließ es mir schließlich schmecken, vielfach an den Rändern, doch wenn ich die Buchdeckel aufklappen konnte, dann voller Elan mitten durch den Buchblock wie ein Bohrer. Mein Leib- und Magengericht waren die Bände der Modernen Klassiker, die ich mir immer gönnte, wenn ich einen fand, vielleicht wegen ihres Logos – ein Fackelläufer. Ach, und was für Bücher habe ich damals in den ersten, rauschhaften Tagen entdeckt! Noch heute treibt mir das bloße Rezitieren der Titel Tränen in die Augen. Also los, sag sie schon auf, schön langsam und laut zum Dahinschmelzen! *Oliver Twist.*

Huckleberry Finn. Der große Gatsby. Tote Seelen. Middlemarch. Alice im Wunderland. Väter und Söhne. Die Früchte des Zorns. Der Weg allen Fleisches. Eine amerikanische Tragödie. Peter Pan. Rot und Schwarz. Lady Chatterley.

Meine Mahlzeiten verliefen anfangs roh, orgiastisch, ausschweifend, gefräßig – ein Happen Faulkner war für mich so viel wie ein Happen Flaubert –, trotzdem gingen mir doch recht bald feine Unterschiede auf. Zunächst merkte ich, dass jedes Buch einen eigenen Geschmack hatte – süß, bitter, sauer, bittersüß, ranzig, salzig, scharf. Außerdem merkte ich, dass jeder Geschmack – und mit der Zeit und bei zunehmender Verfeinerung meiner Sinneswahrnehmungen sogar der Geschmack jeder Seite, jedes Satzes und schließlich jedes einzelnen Wortes – eine Aura besaß, bildhafte Vorstellungen hervorrief von Dingen, die mir bei meinem sehr begrenzten Weltwissen gänzlich unbekannt waren: Wolkenkratzer, Hafenanlagen, Pferde, Kannibalen, Blütenbäume, ungemachte Betten, eine ertrunkene Frau, ein fliegender Junge, ein abgeschlagenes Haupt, Landarbeiter, die bei einem irren Heulton aufschauen, das Pfeifen einer Lokomotive, ein Fluss, ein Floß, Sonnenlicht in einem Birkenwald, eine zärtliche Hand auf einem nackten Schenkel, eine Urwaldhütte, ein Mönch im Sterben.

Anfangs habe ich einfach nur gegessen, selig genagt und gekaut, geleitet allein vom Geschmack. Doch schon bald begann ich hier und da etwas an den Rändern meiner »Bohrlöcher« zu lesen. Und im Laufe der Zeit las ich mehr und kaute weniger, bis ich zuletzt fast alle meine wachen Stunden mit Lesen verbrachte und nur noch die unbedruckten Ränder verzehrte. Und wie habe ich da diese abscheulichen Löcher verwünscht! In einigen Fällen gab es keine Zweitexemplare, es würde Jahre dauern, die Lücken zu füllen. Stolz bin ich darauf wirklich nicht.

Heute, nach einem bewegten Leben voller Überraschungen, schaue ich zurück auf meine Kindheit und hoffe, dort etwas Bestätigung zu finden, Anzeichen dafür, dass ich zumindest zeitweilig dazu berufen war, etwas anderes zu sein als ein Dilettant und ein Spinner, dass ich gescheitert bin an unerbittlich widrigen Umständen und nicht an einem Fehler in meinem Charakter. Man soll sagen: »Pech gehabt, Firmin«, und nicht: »Das hätten wir dir vorher sagen können«. Ich reiße die Augen auf, lege mein Fernrohr an, aber leider zeigt es mir keinen Hauch göttlicher Inspiration, nicht einen Funken Genie, vielmehr enthüllt es eine banale Essstörung. Statt Teleskope holen Ärzte Stethoskope hervor, ihre Elektroenzephalogramme, ihre Kurvenbilder, und kommen alle zu der niederschmetternden Diagnose: ein trivialer Fall von Biblio-Bulimie. Und was das Schlimmste ist, *sie haben recht.* In Anbetracht dieser grundsätzlich richtigen Einschätzung, der demütigenden Augenfälligkeit ihrer niederschmetternden Beurteilung – *niederschmetternd* ist ein Ausdruck, den ich gern verwende – möchte ich mir selbst ins Gesicht schreien wie der gute alte Ezra Pound in seiner Rattenfalle zu Pisa: »Lass ab von deiner Eitelkeit, ich sag: Lass ab!« Pound war ein Großer.

Genug davon. Das kleine Geschöpf, das ich damals war, hatte noch keinen Schimmer von solchen Folterqualen. Noch hockte ich auf der untersten Sprosse der Lebensleiter, war ich ein Sonntagskind, munter und hübsch, was waren das für glückliche Tage in der Buchhandlung. Oder sollte ich lieber sagen: glückliche Nächte und Sonntage, weil ich mich ja doch nicht während der Öffnungszeiten, wenn Kundschaft im Laden war, hinauswagte in das Flimmern. In unserem dämmrigen Kellerversteck konnten wir das Stimmengewirr hören und das Wummern von Schritten auf der Kellerdecke. Wir hörten sie und zitterten. Ab und zu verschwanden die Schritte von der Decke und kamen die Holztreppe herunter. Gewöhnlich folgte auf einen solchen Abstieg ein Moment der Stille, aber manchmal auch ein Ächzen und Stöhnen, wenn nicht gar ein unerklärlicher Donnerschlag, der uns furchtbar erschreckte. Anschließend das Geräusch von einem Wasserschwall, und dann wieder Schritte auf der Treppe. Nach oben hörten sich die Schritte nie so laut an wie die Schritte nach unten.

Kapitel 3

Eines Nachts stöberte ich in der Abteilung SONDERANGEBOTE und entdeckte einen größeren Schacht mit einem dicken schwarzen Rohr. Es schlängelte sich am Boden entlang und verschwand auf der gegenüberliegenden Seite unter dem Schild TOILETTE. Dort standen keine Regale an der Wand, stattdessen gab es eine Tür, die aber immer geschlossen war. Ich steckte meine Nase in den Schacht und schnüffelte. Es roch nach Ratte. Das Rohr lief auf die Wand zu, knickte ab und stieg dann senkrecht nach oben. Obwohl es einen großen Durchmesser hatte, füllte es doch nicht ganz den Schacht aus, den man dafür vorgesehen hatte, sein Mauerwerk war rau und zackig. Damals war ich ungemein neugierig, und der Geruch war voller Verheißung, wenngleich er nicht ganz den mir vertrauten Rattendüften entsprach. Er wirkte irgendwie trauriger.

Ich presste meinen Rücken gegen das Rohr, stemmte die Zehen gegen die unregelmäßigen Mauervorsprünge und kletterte nach oben. Das war ein ziemlich simpler Aufstieg. Oben, auf Höhe der Fußleisten im Parterre, gabelte sich der Tunnel. Ein Weg führte entlang dem Steigrohr hinauf, andere bogen nach rechts und links ab und verliefen unter Putz. In jener Nacht wandte ich mich nach links. Nach rechts in der folgenden. Binnen einer Woche hatte ich das gesamte Leitungssystem in meinem Kopf kartografiert. Das Gebäude war von Tunneln und Schächten wie von Adern durchzogen, eine Wabenstruktur, ein verschlungenes Labyrinth. Wenn ich mehr Zeit hätte – es bleibt mir nicht viel –, würde ich jetzt mit einer endlosen Beschreibung des kompletten Tunnelsystems loslegen, das offenkundig lange vor meiner Zeit erbaut wurde, dank der gemeinschaftlich erbrachten Leistung von Tausenden von Ratten, ganze Generationen hatten ihre Nagezähne bis aufs Zahnfleisch abgeschürft, nur damit ich, Firmin, eines Tages unerkannt im ganzen Gebäude herumgeistern konnte. Ich könnte Sie zutexten mit Ausdrücken wie Schacht, Flöz, Richtstrecke, Querschlag, Kopf-, Grund- und Wetterstrecke, würde mich über den Unterschied zwischen der Streb und einem Stempel auslassen, und wenn dann immer noch ein Auge offen wäre, käme ich auf Abteufkübel, Wetterlutte, Abraum, Mauerfuß und Gezähe zu sprechen. Sollten Sie an derartigen Vorträgen Spaß haben, greifen Sie doch zu einem Fachbuch über das Bergbauwesen!

Zu Anfang rechnete ich damit, hinter jeder Ecke auf andere Ratten zu stoßen, die Erbauer dieser unterirdischen Stadt. Ist mir aber nie passiert. Nach und nach nannte ich sie in Gedanken »Vorfahren«. Essbares habe ich auch nirgendwo entdecken können. Vielleicht war das ja der Grund, weshalb keine Ratten mehr da waren.

Bevor der Laden eine Buchhandlung wurde, war er womöglich ein Lebensmittelgeschäft gewesen oder eine Bäckerei. Jetzt war nur noch Papier im Angebot. Doch meine geduldige, allnächtliche Erforschung dessen, was mir wie eine kilometerlange Röhrenanlage vorkam, trug mir Belohnungen ein, die mir wesentlich lieber waren als Lebensmittel. Sie müssen bedenken, in den im Mauerwerk verlaufenden Schächten war es stockfinster. Ich habe eine hervorragende Nachtsicht, dort drinnen jedoch musste ich riechend und tastend meinen Weg finden. Das war eine langwierige und langweilige Angelegenheit, und es dauerte etliche Tage, bis ich auf einen Schacht stieß, durch den ich direkt hinauf in die Decke des Verkaufsraums der Buchhandlung gelangte. Wie die meisten Häuser in diesem Teil der Stadt war unser Gebäude schon sehr alt, ohne Dämmschicht zwischen den Stockwerken, folglich war der Abstand zwischen zwei Balken ein länglicher flacher Hohlraum, voller Staub und stickig heiß. Meine verbissen fleißigen Vorfahren hatten saubere kreisrunde Löcher in die Tragebalken genagt, so dass ich durch diese Löcher von Hohlraum zu Hohlraum gelangte. Ich arbeitete mich in Richtung Straße vor, untersuchte jeden Hohlraum gründlich mit Füßen und Nase und rückte dann weiter vor in den nächsten. Dabei stieß ich auf etwas so Unerwartetes, dass ich mich hinsetzen musste. Über eine Woche lang hatte ich nun Nacht für Nacht damit zugebracht, im Stockdunklen herumzutasten, und hier drangen plötzlich Lichtstrahlen aus dem Laden zu mir herauf. Vor langer Zeit hatte jemand – keine Ratte – ein großes rundes Loch in die Ladendecke gesägt für eine Lampenhalterung. Die Lampe war dann eine Idee verschoben angebracht worden, so dass ein schmaler Halbmond Licht spendete. Vorsichtig spähte ich durch diese Ritze und nahm die Buchhandlung in Augenschein.

Direkt unter mir standen ein großer überladener Schreibtisch und ein Lehnstuhl mit einem roten Kissen. Das waren der Tisch und der Stuhl, an dem Norman saß oder sitzen würde. Norman kannte ich da ja noch nicht – er sollte noch geraume Zeit schlicht der »Eigner des Schreibtisches« für mich sein –, das Durcheinander auf der Tischplatte, der Stahlstift, auf den bis oben hin eine Unmenge vergilbter Kassenzettel aufgespießt war, die speckigen Armlehnen und nicht zuletzt das rote Kissen mit dem deutlichen Gesäßabdruck in der Mitte strahlten für mich eine Aura von Seriosität und Würde aus, die ich in Anbetracht meiner Herkunft absolut unwiderstehlich fand.

Dieser Spalt in der Decke in Form eines C wurde einer meiner Lieblingsplätze. Er diente mir als Fenster zur Menschenwelt, mein erstes Fenster. Es glich einem Buch – man konnte dadurch in Welten schauen, die nicht die eigene waren. Bei mir hieß dieser Beobachtungsposten »der Ballon«, weil ich beim Hinuntergucken genau das Gefühl hatte, als schwebte ich hoch oben in einem Ballon über dem Raum. Wenige Tage später entdeckte ich eine zweite lohnende Stelle ganz am anderen Ende der Decke, zur Gasse hin. Ein gezacktes Loch im Putz war dort entstanden, wo eine provisorische Trennwand in der Decke verankert war. Durch dieses Loch konnte ich mich abseilen und landete dann auf einer der hohen Glasvitrinen, in denen Norman die kostbaren Bücher aufbewahrte. Von dort bot sich mir ein sensationeller Blick über den Hauptraum der Buchhandlung, vom Eingang bis zu Normans Tisch und Stuhl. Dieser Stelle gab ich den Namen »der Balkon«. Erst später wurde mir bewusst, dass dieser Raum, der mir damals schier grenzenlos erschien, nur ein kleiner Teil des gesamten Unternehmens war. Norman verfügte über viel Platz. Irgendwann, lange vor meiner Zeit, hatte er die beiden Geschäfte neben seinem Buchladen dazugemietet und Durchbrüche schlagen lassen. Wenn man diese schmalen Öffnungen passierte, so schmal, dass die Leute einzeln hindurchgehen oder sich aneinander vorbeiquetschen mussten und sich dabei bäuchlings streiften, betrat man einen Raum nach dem andern, alle bis oben hin voller Bücher. All diese Räume mit ihren engen Verbindungsgängen hätte auch eine riesige Ratte bauen können, und dieser Gedanke der Artverwandtschaft begeisterte mich damals, lange bevor Norman mich enttäuschte.

Teilweise waren die Bücher nach Sachgebieten geordnet, teilweise standen oder lagen sie überall herum. Ich brauchte eine Weile, um zu begreifen, dass diese hanebüchene Unordnung zu dem gehörte, was die Menschen an Pembroke Books so liebten. Sie kamen ja nicht einfach herein, um ein Buch zu kaufen, um Geld dafür hinzulegen und gleich wieder abzuhauen. Sie nahmen sich Zeit. Sie nannten das Stöbern, doch es erinnerte eher an Ausgrabungen oder den Bergbau. Mich wunderte, dass sie keine Schaufeln mitbrachten. Mit bloßen Händen wühlten sie nach Schätzen, versanken manchmal bis zu den Achselhöhlen. Fanden sie in einem Haufen Ramsch eine literarische Kostbarkeit, waren sie erheblich glücklicher, als hätten sie nur kurz hereingeschaut und sie in zwei Minuten gekauft. So betrachtet, war der Einkauf bei Pembroke so etwas wie Lesen: Man wusste nie, was einen auf der nächsten Seite erwartete – im nächsten Regalfach, im nächsten Stapel, in der nächsten Kiste. Und genau das gehörte zum Spaß an der Sache. Und mit den Tunneln war es das Gleiche – man war ja nie sicher, was einen hinter der nächsten Biegung erwartete oder am Boden des nächsten Schachtes.

Doch selbst während jener ersten rauschhaften Wochen des Erkundens vernachlässigte ich meine Weiterbildung nicht. Nie betrat ich meine Tunnel, ohne vorher ein paar Stunden in meinen Büchern gelesen zu haben. Ich machte gewaltige Fortschritte. Sehr bald war ich so weit, dass ich selbst angeblich schwierige Romane, überwiegend russische oder französische, verstehen konnte, und kam gut zurecht mit Einführungen in die Philosophie und Betriebswirtschaft. Heute weiß ich aus nachfolgenden Recherchen, dass solche Leistungen, medizinisch gesehen, nur dank einer beständigen Vergrößerung meiner Stirn- und Schläfenlappen möglich waren, begleitet, wie ich vermute, von einem mächtigen Anwachsen des Gyrus angularis. Beim Rückschluss von der Wirkung auf die Ursache gehe ich davon aus, dass mein Schädeldach unter seiner schwachköpfigen Krümmung eine exzeptionelle laterale Verlängerung des Wernicke-Zentrums aufweist, ein Befund, der normalerweise auf überdurchschnittliche Sprachbegabung hindeutet, aber auch, das muss ich zugeben, auf einige seltene Formen von Idiotie. Ich führe dieses ungewöhnliche Wachstum auf ein stimulierendes Milieu zurück, doch zweifellos spielte auch die Ernährung eine große Rolle. Allerdings gab es eine unerwünschte Nebenwirkung: Mein Kopf wurde so schwer, dass ich ihn nur mit Mühe hochhalten konnte. Denn meine Kopflastigkeit wurde nicht etwa durch körperliche Robustheit ausgeglichen. Ich blieb ein Wicht, ein Winzling, ein Knirps.

In der Psychiatrie gilt es als gesichert, dass vorzeitige intellektuelle Reifung bei gleichzeitiger körperlicher Schwäche die Ursache für zahlreiche fatale Charaktereigenschaften sein kann: Habgier, Größenwahn, obsessives Onanieren, um nur wenige Beispiele zu nennen. Und weil gewisse Experten aufgrund flüchtiger Handbuchlektüre zu einer so vorurteilsbeladenen »Kenntnis« der wahren Natur meiner Persönlichkeit gelangen könnten, habe ich sie mein Leben lang gemieden – die Psychiater meine ich. Diese Aversion ist leicht nachzuvollziehen, wenn man bedenkt, dass neben anderen ungünstigen Eigenschaften, die durch meine körperliche Entwicklung bedingt sind, *eine* unweigerlich hervorsticht, nämlich mein fast schon pathologischer Drang, mich zu verstecken oder, wenn das nicht möglich ist, eine Maske aufzusetzen.

Kopflastig und schwachgliedrig, gewöhnte ich mir eine schwerfällige Gangart an, und während ich mir in späteren Jahren einbildete, sie verleihe mir eine Aura von Seriosität und Würde, ließ sie mich anfangs nur noch verrückter aussehen. Ich konnte nichts dagegen machen, beim Gehen oder Traben schwang mein überdimensionaler Kopf hin und her, was an einen Ochsen denken ließ. Meine Frontlastigkeit hatte außerdem zur Folge, dass ich oft auf die Nase fiel, was die anderen natürlich unendlich lustig fanden.

Dieser Gang wirkte bei meiner Statur an sich schon grotesk, war aber besonders nachteilig in einem Lebensalter, in dem es auf Beweglichkeit ankam. Bei meinen Geschwistern deutete nichts darauf hin, dass ihre Gehirne sich vergrößerten, ihre Kauwerkzeuge hingegen hatten sich prächtig entwickelt, was ich nach zahlreichen schmerzhaften Bissen bezeugen konnte. Ich kaute Papier, sie bissen mich. Ein böses Dilemma. Alle waren wir reif für feste Nahrung. Wir waren sogar alle reif genug, mit dem Familienleben Schluss zu machen, was Mam selbst in ihrem benebelten Zustand wahrnahm. Unsere blitzenden Nagezähne müssen ihr vorgekommen sein wie Lichter am Ende des langen Tunnels der Mutterpflichten. Angezogen von diesem Licht, ging sie die Aufgabe an, uns zu einem eigenständigen Leben zu erziehen, also ohne sie klarzukommen, so dass sie sich davonmachen und wieder ihr Swinger-Leben führen konnte.

Unsere Lektion war einfach und handfest. Zu zweit zockelten wir hinter Mam her auf ihren Trips nach oben, wo wir uns durch Beobachtung ihr Verhalten abgucken sollten. Fortan würde es kein bequemes Saugen und Schlucken mehr geben, wir hatten eine vollkommen neue Lebensweise anzunehmen. Die Anthropologen halten das Jagen und Sammeln für die urtümlichste Stufe der Zivilisation, bei uns ging es aber noch primitiver zu. Nennen wir es Scharren und Schaben. Gearbeitet wurde fast ausschließlich nachts. Die Grundübungen waren Kauern, Lauern, Schleichen. Die lebenserhaltenden Maßnahmen waren Kriechen, Huschen, Abzischen. Als ich an die Reihe kam, wurde ich mit Luweena zusammengespannt. Das gefiel mir, weil sie sich nicht groß für mich interessierte, mir nie Bisse oder Hiebe verpasste, zum Glück, denn sie war groß und athletisch gebaut und hatte einmal bei einem Handgemenge unserem Bruder Shunt fast das Ohr abgebissen. Ich hatte immer und mit gehörigem Respekt ihre Statur vor Augen, doch in jener Nacht, da wir aufbrachen, bemerkte ich zum ersten Mal, wie schön pelzig sie hintenrum war. Nicht nur ihre Zähne waren gewachsen. Meine Erkundungen hatten mich so sehr beansprucht, dass mir diese jüngste Entwicklung völlig entgangen war. Nun wurde mir plötzlich beim Anblick ihrer pelzgeschmückten, vor meinen Augen hüpfenden Hinterbacken ganz anders, und ich bekam sofort eine rasende Wut auf sie.

Mit Mam vorneweg krabbelten wir unter der Kellertür durch in die Welt hinaus. Ich hatte gedacht, ich sei besser als alle anderen darauf vorbereitet, was uns draußen erwartete. Immerhin hatte ich viele Stunden damit zugebracht, auf meinem Balkon zu sitzen und von dort aus durch den Laden zum Schaufenster hinüberzublicken. Durch dieses Fenster hatte ich doch schon einiges von der Welt gesehen – Passanten und Autos und ein Stück Haus auf der anderen Straßenseite. Einmal sah ich einen berittenen Polizisten, und einmal regnete es. Aber als ich dann hinter Luweena und

Mam auf die nächtliche Straße hinaustrat, wurde mir schlagartig klar, dass mein rechtwinklig eingerahmter Ausschnitt kaum Ähnlichkeit hatte mit dem großen Ganzen. Ich fühlte mich wie ein Erdling beim Betreten des Jupiters, denn wir betraten eine unwirtliche schwarze Wüste. Die Straßenlaterne hing über uns wie eine Sonne an einem schwarzen Himmel. Von irgendwoher, vielleicht von der Straßenbeleuchtung, kam ein feines hohes Pfeifen, das in den Ohren wehtat und einen auf Dauer wahnsinnig machte. Zu beiden Seiten ragten baufällige vierstöckige Häuser wie die Wände einer gewaltigen Schlucht empor. Schon in diesem frühen Stadium meiner höheren Bildung hatte ich genug gelesen, um so etwas wie »mächtige Schlucht der Einsamkeit« denken zu können. Ich dachte es und erschauerte. Hin und wieder fuhr ein Auto vorbei mit blendenden Lichtern, und der Wüstenboden bebte. Es war sehr kalt, und durch unser Fell strich so etwas wie ein eisiger Kamm. Das war der Wind. Luweena in ihrer Beschränktheit hätte eigentlich stärker überwältigt sein müssen, als ich es war. Ich hätte erwartet, sie würde erstaunt verstummen oder erstarren oder irgendwie platt sein, doch zu meiner grenzenlosen Enttäuschung schnüffelte sie nur kurz und trippelte gleich wieder hinter Mam her, als hielte sie das Betreten des Jupiters für die normalste Sache der Welt. Was mich angeht, ich steckte noch im Kokon meiner kindlichen Unwissenheit, wenngleich ein vager Zweifel an den Rändern meines Bewusstseins nagte.

Wir marschierten hintereinander her, schnell und immer schön dicht an den Hauswänden entlang, die

Cornhill hinauf und dann eine schmale Gasse wieder runter. Ich bildete die Nachhut. Die Gasse lag im Dunkeln, und es roch so wie unter dem Schild TOILETTE, aber noch intensiver. Irgendetwas Essbares schien es zu geben, denn ich hörte Mam und Luweena im Dunkeln etwas mampfen. Sie gaben mir nichts ab, und als ich an die Stelle kam, fand ich nur noch ein Stück Salatblatt. Es schmeckte wie *Jane Eyre*. Die Gasse brachte uns zur Hanover Street, direkt gegenüber dem grell erleuchteten Casino Theater. Auf einer Markise standen in gelber Leuchtschrift die Worte GIRLS, GIRLS, GIRLS und BOSTONS BESTE. Unter der Markise waren zu beiden Seiten eines Kartenschalters Schwarzweißfotos ausgestellt, auf denen etwas zu sehen war, was ich inzwischen als attraktive Frauen einzuordnen gelernt habe. Sie trugen nichts außer hochhackigen Schuhen und Diademen im Haar. Zwei breite schwarze Balken verdeckten ihre Brüste und den Unterleib. Die eine Frau hatte helles Haar, die andere dunkles. Beide hatten ein Bein angehoben. Die Kamera hatte sie beim Tanzen eingefangen, mitten in einem Schritt waren sie erstarrt: Das Klicken des Verschlusses hatte sie von der Zeit abgeschnitten wie eine Guillotine. Mam und Luweena hatten sie keines Blickes gewürdigt, vielmehr waren sie schnurstracks auf die Theatertür mit dem Zeichen EXIT zugelaufen und stopften sich nun eifrig die Backen mit Popcorn voll, das irgendwer fallen gelassen hatte. Luweena war unverkennbar begabt fürs Scharren und Schaben. Ich versuchte nicht einmal mitzuhalten. Ich stand nur da und bewunderte die Bilder im Aushang, ein Bein angehoben. Obwohl ich viel gelesen und sogar *Lady Chatterley* verschlungen hatte, besaß ich von dieser Seite der Welt nur die Vorstellung eines blutlosen Intellektuellen. In solchen Dingen hatte ich noch keinerlei *Erfahrung.* Wenn ich heute auf mein Leben zurückblicke, weiß ich, dass dieser Augenblick, als ich innehielt und diese fast nackten Gestalten anhimmelte, diese Engelswesen, ein, wie sich Biografen gern ausdrücken, Wendepunkt war. Am 26. November 1960 vor dem Casino Theater in einer Nebenstraße des Scollay Square in Boston bekam mein Lebenslauf eine neue Wendung. Aber das wusste ich damals natürlich nicht. Ich wusste ja noch nicht einmal, dass ich in Boston war.

Als Luweena und Mam das ganze Popcorn abgeräumt hatten, liefen wir, in den Rinnstein geduckt, die Hanover Street hinunter in Richtung des ausgestorbenen Square. Der Square wurde auch »Pfuhl« genannt, und tatsächlich spiegelte sich die Straßenbeleuchtung auf dem feuchten Asphalt. Eine Frau ging an uns vorbei, dicht hinter ihr ein Mann, und beide bemerkten uns nicht. Sie hatten es eilig, bogen ab und verschwanden in einem Eingang unter dem Schild ZIMMER. Nie werde ich das Klickklack der hohen Absätze auf dem Bürgersteig vergessen. Wir verkrochen uns in einem Abflussrohr, bis sie hineingegangen waren und die Tür hinter ihnen ins Schloss fiel. Dann rannten wir mit Mam vorneweg quer über den weiten Platz, so schnell wir konnten, oder besser: wie Mam konnte. Damals waren Luweena und ich noch leichtfüßig. Als wir glücklich den Bürgersteig auf der anderen Seite des Platzes erreicht hatten, machte Mam gleich eine

Bierlache aus und lehnte es ebenso stur wie Luweena ab, weiterzuziehen, ehe sie nicht alles bis zum letzten Tropfen aufgeleckt hatten. Meine Sorge war inzwischen längst von den Rändern meines Bewusstseins in dessen Mitte vorgedrungen, und ich schlotterte vor Angst. Ich dachte: Zum Teufel mit dem Genuss! Ich wollte nur noch nach Hause in die behagliche Sicherheit der Buchhandlung. Aber ohne Mam? Dieser Gedanke jagte mir einen Schreck ein. Besonders furchterregend fand ich die Lastwagen, die von Zeit zu Zeit an uns vorbeidonnerten und mit ihren Scheinwerfern riesige Schatten auf die Mauern warfen, obwohl Mam nicht einmal aufschaute und Luweena nach einer Weile auch nicht mehr. Endlich gingen wir weiter, vorbei an dem unbeleuchteten Gebäude des Old Howard mit seinen gotischen Fenstern, das einst ein berühmtes Theater gewesen, aber nun längst geschlossen war. Dort lebte eine Menge Rattenpack. In dieser Gegend, sagte Mam, könne man sehr leicht ums Leben kommen. Nach etlichen Zwischenstopps mit Lecken und Schlecken an Gehweglachen stießen wir endlich auf feste Nahrung – Hotdogs, Pickles, Brötchen, Ketchup, Senf – in den großen blauen Abfalltonnen auf der Rückseite von Joe and Nemo's. Es tummelten sich da auch andere Ratten, aber wir hielten uns von ihnen fern. Wir sind keine gesellige Spezies. Dann kamen wir bei der Red Hat Bar heraus, bei neuen Pfützen. Die meisten aus Urin, doch es war auch genug Alkoholisches dabei, um Mam zu verlocken und Luweena natürlich auch. Schlechte Gene, vermutlich. Die beiden benahmen sich auf dem Heimweg immer leichtsinniger, spazierten manchmal sogar laut singend mitten auf dem Bürgersteig der Cambridge Street. Ganz anders ich. Ich drückte mich an den Hauswänden entlang oder nahm den Rinnstein und tat so, als würde ich sie nicht kennen. In Wahrheit hielt ich Abstand, weil ich hoffte, falls irgendein Unheil auf ihr Haupt niedergehen sollte, würde es mich nicht treffen.

Ich bemühe mich, Ihnen die wahre Geschichte meines Lebens zu erzählen, weiß Gott kein leichtes Unterfangen. Ich hatte einen Haufen Bücher aus der Abteilung LITERATUR gelesen, bevor ich halbwegs kapierte, was dieses Schild bedeutete und warum bestimmte Bücher in diese Kategorie gehörten. Ich war davon ausgegangen, die Geschichte der Welt zu lesen. Noch heute muss ich mich ständig, manchmal durch leichte Schläge auf den Hinterkopf, daran erinnern, dass Eisenhower real ist, Oliver Twist aber nicht. *Weltverlorenheit: Epistemologie und Angst.* Im Rückblick auf meinen Bericht über den ersten Ausflug mit Mam und Luweena in die Wildnis außerhalb unseres Kellers stelle ich fest, dass ich eine Kleinigkeit ausgelassen habe. Es handelt sich in meinen Augen um eine Kleinigkeit, aber auch um ein Geschehnis, das Sie mir, sollte es später doch noch bekannt werden, mit viel Schwung an den Kopf werfen würden. Ich sehe Sie förmlich vor mir, wie Sie auf Ihrem Drehstuhl rotieren und vor Begeisterung kreischen. Und nebenbei bemerkt: Es war im strengen Sinne kein Geschehnis, sondern eher ein Widerfahrnis oder besser der Versuch einer Versuchung, die von Luweenas pelzigem Hinterteil ausging.

Während ich auf dem Hinweg auf der Gasse hinter

ihr herlief, hüpften ihre Hüften vor meiner Nase auf und ab. Auf und ab. Und das Lächerliche war, dass sie beharrlich ihren Schwanz in einem aufreizenden Winkel aufgerichtet hielt, den man nur als unverschämt beschreiben kann. Un-verschämt und provozierend. Als wir im Gänsemarsch die Gasse hinuntertrippelten, füllte ihr Hintern mein ganzes Blickfeld aus, nahm mein ganzes Denken ein, so dass mir nichts mehr in den Sinn kam, nicht einmal mehr Essen oder mögliche Gefahren. Und dann dieser betörende Duft. Ich glaube, die unwiderstehliche Macht dieses Dufts kann ich Ihnen nicht vermitteln. Um ein Haar wäre ich wie ein Irrer über sie hergefallen. Mir war, als würde mich mein Unterleib nach vorne katapultieren. Ich sah mich selbst von hinten auf sie draufspringen und meine Nagezähne in ihre Nackenhaare schlagen, während sie ihren langen muskulösen Rücken durchbiegt, ihren Prachtarsch in die Luft streckt und mit einem seligen Seufzer sich mir hingibt. Es war haarsträubend, dauerte aber zum Glück nur kurz. Wir hatten das Ende der Gasse erreicht und bewegten uns auf die Lichter der Hanover Street zu. Ein Lastwagen polterte vorüber, und schon löste sich meine leidenschaftliche Anwandlung, so heiß sie auch gewesen sein mochte, in Rauch auf. Passiert war gar nichts, und es sollte auch gar nichts mehr passieren, weil wir nur noch wenige Meter und wenige Minuten von jenem Wendepunkt entfernt waren, da ich mit einem angehobenen Bein auf dem Gehweg stand und zu den Engeln aufschaute. Ich will ganz ehrlich sein: Dieser Trieb, meine eigene Schwester auf offener Straße zu bespringen, war das letzte Auflodern eines normalen

Geschlechtstriebs, das ich erlebt habe. Als ich mich in jener Nacht auf den Weg machte, war ich trotz meiner Intelligenz ein ziemlich durchschnittliches männliches Wesen. Bereits auf dem Rückweg war ich drauf und dran, ein Perverser zu werden, ein Freak.

Kapitel 4

DRAUSSEN IN DER WELT AUSSERHALB meines geliebten Buchladens hieß es Mann gegen Mann und den Letzten fressen die Hunde. Da war alles wild entschlossen, uns auszurotten, jederzeit. Unsere Chance, das erste Jahr zu überleben, ging gegen null. Statistisch gesehen, waren wir längst tot. Das wusste ich damals noch nicht, hatte aber doch intuitiv ein ungutes Gefühl, wie Menschen an Bord eines sinkenden Schiffs. Wenn literarische Bildung einen Nutzen hat, dann den, die Ahnung drohenden Unheils zu vermitteln. Nichts schmälert den Lebensmut so effektiv wie eine lebhafte Fantasie. Las ich das *Tagebuch* der Anne Frank, so verwandelte ich mich in Anne Frank. Die anderen, die konnten einen Schrecken nach dem anderen kriegen, mochten sich in Winkeln verkriechen, vor Angst in Schweiß ausbrechen – sobald die Gefahr vorüber war, ging alles so weiter wie zuvor, als sei nichts geschehen. Sie lebten fröhlich vor sich hin, bis sie erschlagen oder vergiftet wurden oder ein stählerner Fallenbügel ihnen das Genick brach. Ich hingegen habe sie alle überlebt und bin zum Ausgleich tausend Tode gestorben. Ich bin durchs Leben gezogen wie eine Schnecke, die eine glänzende Spur von Todesängsten hinter sich herzieht. Wenn ich einmal wirklich sterbe, wird das alles andere sein als ein krönender Abschluss.

Eines Abends kurz nach unserem Erkundungsgang rund um den Scollay Square machte sich Mam wie üblich auf nach oben – und kehrte nie wieder. Ich habe sie in den folgenden Monaten noch ein paar Mal gesehen, wie sie sich bei den Nutten hinter dem Joe and Nemo's herumtrieb, aber dann war sie ganz verschwunden. Das war das Ende unserer kleinen Familie. Jede Nacht fehlte ein anderer, bis nur noch Luweena, Shunt und ich übrig waren. Und dann gingen die beiden auch noch. Sie konnten nicht glauben, dass ich bleiben wollte. Für sie war ich ein armer Irrer. Sie hatten nicht das geringste Verständnis für mein Handeln. Die Buchhandlung war absolut kein guter Platz zum Leben, Mam hatte ihn schließlich nur in höchster Not aufgesucht. Trotz unserer früheren Differenzen war der Moment des Abschieds doch recht bewegend. Luweena umarmte mich, Shunt schlug mir, etwas verlegen, auf die Schulter. Als sie unter der Tür durch verschwanden, rief ich ihnen hinterher: »Macht's gut, ihr Schwanzlutscher! Widerwärtiges Gesocks!« So derb beschimpfte ich sie, aber danach fühlte ich mich besser.

Ich zog um in eine kleine Wohnung, die ich mir in der Decke über dem Ladengeschäft eingerichtet hatte, in der Mitte zwischen Ballon und Balkon. Dort konnte ich mich auf dem Laufenden halten, während ich meinem nächtlichen Bildungshunger unvermindert im Keller nachgab, indem ich ein Buch nach dem anderen verschlang, allerdings nicht mehr buchstäblich. Obwohl, so ganz stimmt das nicht. Jedes Mal, wenn ich die Qual der Wahl zwischen Lesen und Naschen durchlitt, zeigte sich mir eine bedeutsame Korrelation, so etwas wie eine prästabilierte Harmonie zwischen dem Geschmack und der literarischen Qualität eines Buches. Wollte ich wissen, ob sich die Lektüre lohnte, brauchte ich nur an einem Stück Bedrucktem zu knabbern. Mit der Zeit nahm ich dafür immer die Titelseite, damit der Text unangetastet blieb. »Gut essbar gleich gut lesbar« lautete meine Devise.

Ab und zu musste ich meine brennenden Augen ausruhen und betrieb ein bisschen Höhlenforschung in den alten Schächten und geheimen Winkeln meiner Vorfahren. Eines Abends kroch ich hinter einer Fußleiste entlang und stand plötzlich vor einem Haufen aus abgeblättertem Putz. Was ich zuvor irrtümlich für eine Wand gehalten hatte, war nichts anderes als ein versperrter Tunnel. Die blockierenden Teile waren ziemlich groß, rechtwinklig und so fest verkeilt, dass es viel Zeit und Mühe kostete, mich da hindurchzuarbeiten. Und was fand ich dahinter? Ein neues Loch! Eine hübsche, beinahe kreisrunde Öffnung, die durch die Fußleiste hindurch direkt in den Hauptraum der Buchhandlung führte. Raffinesse oder Zufall, jedenfalls hatten meine fleißigen Vorfahren diese Röhre so angelegt, dass sie hinter einem alten Stahlsafe endete und somit für die Menschen in der Buchhandlung praktisch unsichtbar blieb. So wertvoll Balkon und Ballon waren, es blieben Logenplätze, Beobachtungsposten, die wie Vogelnester über dem Tun und Treiben hingen, die mir aber zum

Laden und seinen großartigen Bücherschätzen keinen Zutritt verschafften, so wie meine neue Entdeckung. In einem Anflug subtiler Ironie nannte ich sie »das Rattenloch«. »Tor zum Himmel« hätte auch gepasst.

Fortan ließ ich den Keller links liegen und wandte mich dem Bücherschatz im Parterre zu. Raum für Raum. Manche Bücher waren mit Ledereinband und Goldschnitt ausgestattet, obwohl ich persönlich Taschenbücher lieber mochte, am liebsten die Bände der Reihe New Directions mit ihren schwarzweißen Umschlägen und die formstrengen Titel von Scribner's. Wenn ich jemand wäre, der gern im Park sitzt und ein Buch liest, würde ich immer eines davon bei mir haben. Der Keller war schon ganz gut für mich gewesen, aber oben, das fühlte ich, da blühte ich erst so richtig auf. Mein Verstand wurde schärfer als meine Zähne. Bald schaffte ich einen vierhundertseitigen Roman in einer Stunde, Spinoza an einem einzigen Tag. So manches Mal schaute ich mich um und zitterte vor Freude. Ich konnte mein Glück kaum fassen. Nicht nur einmal vermutete ich einen geheimen Plan dahinter. Ich dachte: Sollte ich, ungeachtet meines absonderlichen Aussehens, zu etwas Großem berufen sein? Zu einem Schicksal, meine ich, wie es die Figuren in Geschichten haben, wo alle Ereignisse eines Lebens, mag es darin auch noch so brodeln und wirbeln, in all dem Brodeln und Wirbeln am Ende ein sinnvolles Muster erkennen lassen? In Geschichten hat ein Leben immer eine Richtung und ein Ziel. Sogar ein so albernes, bedeutungsloses Leben wie das von Lenny in Steinbecks Roman *Von Mäusen und Menschen* bekommt durch seinen Part in der Erzählung zumindest die Würde und Bedeutung, albern und ohne Bedeutung zu sein, den Trost exemplarisch zu sein. Im wirklichen Leben reicht es oft nicht einmal dazu.

Mut war noch nie meine Stärke, weder körperlich noch sonst wie, weshalb ich lange gebraucht habe, bis ich der Bedeutungslosigkeit eines gewöhnlichen, unerzählten Lebens ins Auge schauen konnte. Also tröstete ich mich früh mit der lächerlichen Idee, ich hätte so etwas wie ein Schicksal. Ich reiste in meinen Büchern durch Raum und Zeit und suchte danach. Von Daniel Defoe ließ ich mir London zeigen, in der Zeit der Pest. Ich hörte des Glöckners Ruf: »Bringt heraus eure Toten!«, es roch nach verbrannten Leichen. Diesen Geruch habe ich noch heute in der Nase. Die Menschen starben wie die Ratten in der großen Stadt London – allerdings starben auch die Ratten wie die Menschen. Nach ein paar Stunden brauchte ich einen Szenenwechsel und reiste nach China, stieg einen steilen Pfad durch Bambus und Zypressen hinauf und setzte mich für eine Weile in die offene Tür einer kleinen Berghütte, zu dem alten Tu Fu. Schweigend betrachteten wir den weißen Nebel, der in Schwaden aus dem Tal aufstieg, lauschten dem Fächeln des Windes, der durch die Schilfmatten hauchte, vernahmen die leisen Schwingungen entfernter Tempelglocken und waren, jeder für sich, »allein mit den zehntausend Dingen«. Anschließend versetzte ich mich zurück nach England – hüpfte über Ozeane, Kontinente und Zeitalter so leichtfüßig wie über einen Bordstein –, wo ich neben einem Feldweg ein Feuerchen anzündete, damit die arme, verstoßene Tess, die auf einem kahlen, windigen Acker Steckrüben ausgrub, ihre spröden Hände wärmen konnte. Ihre Lebensgeschichte hatte ich schon zweimal ganz durchgelesen – ich kannte also ihr Schicksal –, trotzdem musste ich mich abwenden, um meine Tränen zu verbergen. Als Nächstes fuhr ich mit Marlow an Bord eines verrosteten Dampfers einen afrikanischen Fluss hinauf und suchte einen Mann namens Kurtz. Wir fanden ihn bei guter Gesundheit. Tot wäre er uns lieber gewesen! Ich brachte Leute zusammen. Baudelaire setzte ich auf das Floß neben Huck und Jim. Das ist ihm gut bekommen. Manchmal machte ich traurige Menschen glücklich. Ich ließ Keats seine Fanny heiraten, ehe er starb. Heilen konnte ich ihn nicht, aber Sie hätten die beiden sehen sollen in ihrer Hochzeitsnacht in einer billigen *pensione* in Rom. Für sie war es ein Märchenschloss. Ich ließ die Bücher in meine Träume einfließen, und gelegentlich träumte ich mich in Bücher hinein. Ich legte meinen Arm um Natascha Rostowas schlanke Taille, fühlte den leichten Druck ihrer Hand auf meiner Schulter, und wir tanzten, wir schwebten auf den Wogen des Walzers über das schimmernde Parkett des Ballsaals hinaus in den mit Laternen geschmückten Garten, während fesche Leutnants der Kaiserlichen Garde wie wild an ihren Schnurrbärten zwirbelten.

Sie lachen. Und zu Recht! Ich war damals – trotz meiner unerfreulichen Erscheinung – ein hoffnungsloser Romantiker, eine denkbar lächerliche Kreatur. Und obendrein Humanist, genauso hoffnungslos. Doch trotz – oder wegen? – meiner Mängel habe ich so viele bedeutende Menschen, darunter nicht wenige Genies, während meiner Früherziehung kennengelernt. Ich kam ins Gespräch mit all den Großen. Mit Dostojewski und Strindberg zum Beispiel. In ihnen erkannte ich bald meine Leidensgenossen, Hysteriker wie ich. Von ihnen habe ich etwas Wesentliches gelernt – und wenn du noch so klein bist, kann dein Wahnsinn so groß sein wie der der anderen.

Übrigens muss man nicht alle Geschichten glauben, um sie lieben zu können. Ich liebe alle Geschichten. Ich liebe den Gang der Handlung vom Anfang über die Mitte zum Ende. Ich liebe die allmähliche Verdichtung der Zusammenhänge, die Nebellandschaften der Fantasie, die Irrwege, die waldigen Hänge, die schimmernden Weiher, die tragischen Verwicklungen und komischen Zufälle. Die einzige Literatur, die ich nicht ausstehen kann, ist Rattenliteratur einschließlich Mäuseliteratur. Ich verabscheue die gutmütige alte Ratty in *Der Wind in den Weiden*. Mickey Mouse und Stuart Little finde ich zum Kotzen. Lieb sind sie, nett, *niedlich* – und stecken mir im Hals wie Fischgräten.

Und nun, am Ende des Tages, glaube ich nicht mehr daran, dass ein Schicksal vielen Menschen vergönnt ist, und Ratten schon gar nicht.

Trotz meiner Intelligenz, meines Taktgefühls, der Zartheit und Feinheit meiner Empfindungen, meiner zunehmenden Belesenheit blieb ich doch ein Wesen mit großen Defiziten. Lesen ist das eine, Reden ist etwas anderes, und ich meine nicht das Halten von Reden. Ich spiele auch nicht darauf an, dass ich krankhaft schüchtern war, denn genau das war der Fall. Nein, ich meine den konkreten stimmlichen Ausdruck – er war mir nicht gegeben. Redselig bis zur Geschwätzigkeit, war ich zum Schweigen verdammt. Ich hatte schlicht keine Stimme. All diese wundervollen Sätze, die in meinem Kopf herumflatterten wie Schmetterlinge, sollten diesen Käfig niemals verlassen. All die schönen Wörter, die ich im aufgezwungenen Schweigen meiner Gedanken ersonnen und artikuliert hatte, blieben ebenso folgenlos wie die Tausende, wenn nicht Millionen Wörter, die ich aus Büchern herausgerissen und hinuntergeschluckt hatte, die zusammenhanglosen Fragmente ganzer Romane, Dramen, Epen, Tagebücher und skandalöser Enthüllungen – weg damit, stumm, unnütz, vergeudet. Das Problem ist physiologisch bedingt: Mir fehlen richtige Stimmbänder. Stunden habe ich damit zugebracht, Verse von Shakespeare zu deklamieren. Ich habe es nicht weiter gebracht als bis zu ein paar kaum unterscheidbaren Variationen des Grundfiepens. Da steht Hamlet mit gezücktem Degen und ruft: *Fiep, Fiep, Fiep*. (Und da Firmin, der sich duckt unter einem Sperrfeuer aus Buhrufen und Sitzkissen.) Besser komme ich zurecht mit den Versen, in denen Macbeth davon spricht, das Leben sei ein Märchen, erzählt von einem Dummkopf, voller Klang und Wut, das nichts bedeutet: Ein paar mitleiderregende Fiepser bringen das gut auf den Punkt. Was bin ich doch für ein Clown! Ich lache, um nicht zu weinen – was ich natürlich genauso wenig kann. Lachen auch nicht, außer in Gedanken, wo es mehr schmerzt als Tränen.

In meiner Zeit als Tunnelforscher – ich war noch sehr jung, hatte gerade erst die Kinderbuchklassiker hinter mir, entsprechend märchenhaft war mein Weltbild – sah ich mich zum ersten Mal in einem Spiegel. An der Tür unter dem Schild TOILETTE klebte ein handgeschriebener Zettel, darauf stand: BITTE TÜR IMMER SCHLIESSEN! Und das taten die Leute auch. Nach dem Rauschen der Wasserspülung und vor den Tritten auf der Holztreppe war jedes Mal das harte Klickklack eines Riegels zu hören. Eines Tages, ich steckte gerade in der Ecke hinter dem Warmwasserbereiter, war zwischen dem Rauschen und den Tritten, lauter als jedes Klickklack, völlige Stille zu hören. Ich wusste sofort, was los war. Ich wartete, bis die Buchhandlung schloss, und krabbelte im selben Moment hinaus in das Flimmern. Die Tür zur TOILETTE stand offen, in der kleinen Zelle dahinter brannte Licht, und zwar so hell, wie ich es nie für möglich gehalten hätte. Zuerst war ich geblendet und verwundert über die Porzellangebilde da drinnen. Letztere erinnerten mich stark an Altäre, wie ich sie in einer Kinderbibel gesehen hatte, und ich glaubte, so etwas wie einen Tempel zu betreten. Die glatten weißen Oberflächen und die silbern glänzenden Armaturen machten einen hehren Eindruck. (In meinem damaligen Alter hatte ich noch Schwierigkeiten, zwischen hehr und sanitär zu unterscheiden.) Als Erstes untersuchte ich den Rand eines ovalen Beckens, das zur Hälfte mit Wasser gefüllt war und auf der Innenseite braune Streifen aufwies. Alsdann knabberte ich etwas von einer weichen weißen Papierrolle ab, die an der Wand daneben angebracht war – es schmeckte wie Emily Post. Von dort konnte ich auf den Hochaltar springen, der sich als ein weiteres Becken herausstellte, diesmal ein leeres, mit einem silbern eingefassten runden Loch unten in der Mitte. Über dem Altarbecken hing, leicht nach vorne geneigt, ein großer Spiegel mit Metallrahmen, worin der Raum hinter mir komisch wegkippte. Obgleich mein Verstand noch recht unentwickelt war, begriff ich das Spiegelprinzip sofort. Ich stellte mich auf dem äußeren Beckenrand auf meine Hinterbeine und reckte und streckte mich, so hoch ich konnte. Zum ersten Mal sah ich mich selbst in voller Größe. Natürlich hatte ich vorher schon meine Familienangehörigen gesehen und war fähig, von ihrem Aussehen auf das meine zu schließen. Doch zwischen uns gab es so viele wesentliche Unterschiede, dass ich davon ausging – vorsätzlich, wie ich jetzt erkannte –, wir würden uns auch in dieser Hinsicht unterscheiden.

Mich das erste Mal selbst zu sehen, war jedoch etwas ganz anderes als der Anblick einer x-beliebigen Ratte. Es war eine zutiefst persönliche Erfahrung, und vor allem eine schmerzliche. Es war leicht, den unschönen Anblick von Shunt oder Peewee zu ertragen, doch es war furchtbar, meine Ähnlichkeit mit ihnen zu bemerken. Mir war natürlich klar, dass das Ausmaß dieser Kränkung meiner grenzenlosen Eitelkeit entsprach, aber diese Einsicht machte die Sache nur noch schlimmer. Nicht bloß hässlich, sondern auch noch eingebildet – und schon kam lächerlich dazu. Da stand ich nun, leicht gekippt, detailgetreu abgebildet: klein, dickbäuchig, behaart, kinnlos. Firmin in ganz – Pelztier mit Schwanz. Zum Totlachen. Das Kinn, oder vielmehr das fehlende Kinn, bereitete mir besondere

Pein. Es deutete – obwohl das Nichtvorhandene zu einer so energischen Geste gar nicht fähig ist – auf einen beträchtlichen Mangel an moralischer Festigkeit hin. Die dunklen hervortretenden Augen gaben mir etwas ekelhaft Froschartiges. Ich sah, machen wir es kurz, ein hinterlistiges, unehrliches Gesicht, ganz und gar nicht vertrauenswürdig, das Gesicht eines echt miesen Typen. Firmin der Schädling. Doch die Einzelheiten – kein Kinn, spitze Nase, gelbe Zähne und so weiter – waren nichts gegen den Gesamteindruck »hässlich«. Schon damals, als mein Schönheitsbegriff über Tenniels Illustrationen zu *Alice im Wunderland* noch nicht hinausreichte, wusste ich ganz genau, das da war hässlich. Und der Gegensatz, der so dramatisch unüberbrückbare Abstand, wurde nur noch größer, je mehr wahrhaft schönen Wesen ich begegnete, wie Ginger, Fred, Rita, Gary, Ava und all die anderen Hübschen. Es war nicht auszuhalten.

Von diesem Tag an tat ich alles, um meinem Spiegelbild auszuweichen. Es war leicht, sich von Spiegeln fernzuhalten, Fensterscheiben und verchromte Radkappen waren etwas anderes. Wann immer ich mich in einer reflektierenden Fläche entdeckte, war ich zutiefst erschrocken, als wäre ich einem Monster begegnet. Natürlich registrierte ich im nächsten Moment, dass dieses Monster ich selbst war, und eine unbeschreibliche Verzweiflung überkam mich. Ich versuchte es mit einem kleinen Trick. In diesen Situationen dachte ich nicht mehr: »Da bin ich«, und fing an zu weinen, sondern: »Da ist er«, und rannte weg.

In jenen jungen Jahren, vor allem nachdem ich mir

den Hauptraum erobert hatte, lebte ich wild und gefährlich. Wenn nicht der Hunger mich nach draußen trieb, um nach Essbarem zu suchen, verbrachte ich den Großteil der Nächte mit Lesen und Reisen im Buchladen, die Tage hingegen wie angewachsen im Ballon oder auf dem Balkon, aus Sorge, ich könnte sonst irgendetwas vom Tun und Treiben unter mir verpassen. Zweimal war ich nachts so müde, dass ich auf einem Buch einschlief, das Klappern des Schlüssels in der Eingangstür ließ mich hochschrecken – Norman schloss den Laden auf –, und schon entwischte ich in letzter Sekunde durch »das Rattenloch«. Ein andermal bin ich auf dem Ballon eingenickt und wäre fast von meinem Posten gestürzt.

Von dort aus hatte ich ganz zu Anfang einen Blick auf Norman werfen können. Allerdings nicht auf den ganzen Norman, sondern nur auf die glänzende Kuppel seines Schädels und die Oberseite seiner Schultern und Arme. Damals war es auch noch nicht Norman, sondern der »Eigner des Schreibtisches«. Es brauchte meinen ganzen Mut, während der Geschäftszeiten vom Ballon aus hinunterzuschauen. Doch eines Morgens wagte ich es endlich. Von unten drang kein Laut herauf außer dem klagenden Knarzen des Stuhls und gelegentlichem Papiergeraschel, ich schaute über den Rand des C-förmigen Deckenausschnitts und bekam ihn zu Gesicht, sitzend an seinem Schreibtisch. Die Ellbogen auf die Armlehnen gestützt, las er Zeitung. Mit meinen enorm scharfen Augen hätte ich seine Zeitung auch lesen können, aber momentan interessierte mich mehr, was von Normans kahlem Kopf abzulesen war. In meinem Leben hat es eine Reihe erstaunlicher Zufälle gegeben – die ich lange Zeit als Beweis dafür ansah, dass mir ein Schicksal vergönnt war –, und so fügte es sich denn, dass ich, kurz bevor ich zum ersten Mal auf Normans Kopf hinabblickte, mir einiges Wissen über Schädelformdeutung angelesen hatte.

Die vorangegangene Woche hatte ich in der Abteilung RARITÄTEN UND ERSTAUSGABEN gearbeitet und mich einen Teil der vorangegangenen Nacht in das Buch von Franz Joseph Gall mit dem Titel *Untersuchungen über die Anatomie des Nervensystems überhaupt und des Gehirns insbesondere* vertieft, das bahnbrechende Werk auf dem Felde der Phrenologie. Zunächst war ich sehr skeptisch gegenüber der Annahme, man könne von den Höckern und Grübchen an den Schädelknochen den Charakter des Betreffenden ablesen, aber dann hatte eine systematische Palpation meiner eigenen fellbedeckten Rübe mittels meiner Vorderpfote doch große Knochenvorsprünge (fast schon Deformationen) genau dort aufgespürt, wo sie auch hingehören. Die Beule auf meiner Stirn – ein warzenartiger Knubbel, an dem ich mich kratze, wenn ich verblüfft bin – indiziert nach Gall eine außergewöhnliche Sprachbegabung, wohingegen die tränensackartigen Bögen unter meinen Augenhöhlen Anzeichen für ein gesteigertes »spirituelles« Wesen sind. Des Weiteren entdeckte ich an meiner Schädelbasis vielsagende Ausbuchtungen für »Anhänglichkeit« und »Leidenschaft«, die auf das unleugbare Vorhandensein einer »Neigung zu enger Verbundenheit« hinweisen sowie auf einen »Hang zu Wollust und fleischlicher Begierde«. Wie um zu beweisen, dass sogar ein Schädelknochen ironisch sein kann, trage ich auf meinen Schläfenbeinen kleine, aber eindeutig fühlbare Auswüchse, hervorgetrieben aus der Hirnschale vom Druck unbändiger Hoffnung.

Vom Ballon aus ortete ich die Hügel und Täler auf Normans Kahlkopf. Sonnenklar zu erkennen waren die Anzeichen für Intelligenz, Spiritualität, geistige Energie, Charakterstärke und – das war das Beste – ein Wulst für »Philoprogenitivität«, die Gall definiert als »das ausgeprägte Gefühl, hilflose Nachkommen zu umhegen und zu verpflegen«. Diese Enthüllung der wahren Natur des Schreibtischeigners machte mich überglücklich – zum ersten Mal in meinem Leben fühlte ich mich nicht einsam und allein auf der Welt. Daraus erwuchs ein Gefühl der Sicherheit und, wie Gall es ausgedrückt hätte, ein starker Anhänglichkeitsdrang. Es war Liebe auf den ersten Blick.

Höre ich da Unmutsgeräusche, ein demonstratives Stühlerücken, ein gezieltes Hüsteln? Mein Hochgefühl lädt vermutlich dazu ein, den Finger in die Wunde des Offensichtlichen zu legen, und Sie fragen sich hörbar, ob mir denn nie in den Sinn gekommen sei, ich fiele nicht ganz in die Kategorie »hilflose Nachkommen«. Die Antwort lautet: nie! Im Nachhinein erkenne auch ich, dass die fast tragische Geschichte, in die ich schon bald hineingeraten sollte, allein der schlichten Tatsache geschuldet war, dass Normans Kopf nicht gänzlich kahl war. Meine Studie seiner Charaktereigenschaften war durchaus sorgfältig, litt aber darunter, dass sich an seinen Schläfen büschelweise dunkle, ungekämmte Locken ringelten. Hätte ich die Möglichkeit gehabt, auf seiner Schulter zu hocken und mit meinen Vorderpfoten seine Schläfen abzutasten, wäre ich schlauer gewesen: Bogenförmige Erhebungen über den Ohrmuscheln deuten einen »Zerstörungstrieb« an, begleitet und verstärkt von zwei keilförmigen Zacken, Anzeichen für »Heimlichtuerei«. Doch all das ist Zukunftsmusik. Hier und jetzt ist es erst einmal geboten, dem Bild von Norman an seinem Tisch eine Unterschrift zu geben: DER MANN, DER FIRMINS ERSTE GROSSE LIEBE WAR.

Kapitel 5

IN MEINEN BÜCHERN GING ICH auf Reisen, aber ich aß sie nicht mehr. Nahrung, im prosaischen, unliterarischen Sinne, wurde zu einem Dauerproblem. Ich war gezwungen, jeden Abend den Laden zu verlassen, musste allen Mut zusammennehmen und unter der Kellertür hindurch nach draußen kriechen, um ringsherum nach Furage zu suchen, wobei ich mich in Schattenwinkel flüchtete, durch Kanalrohre kroch und von einem dunklen Versteck zum nächsten hastete. *Nightcrawlers Tagebuch*. Das Jahr ging dahin, die Tage wurden erst immer kälter, dann wieder wärmer, wobei mir bestimmte Veränderungen in meiner Umgebung auffielen, und zwar nicht beim kümmerlichen Grün, den paar Grasbüscheln und Blümchen. Die Veränderungen, von denen ich rede, bildeten vielmehr das ironische Gegenstück zu jenem spärlichen Gesprieße. Überall gingen Läden ein, abends leerten sich die Nebenstraßen und sogar der Square immer früher. Von den Matrosen einmal abgesehen, die in Trauben vor den Bars herumlungerten, war schon um elf Uhr keine Menschenseele mehr unterwegs. Immer häufiger waren kaputte Fenster zu sehen, die nicht repariert oder gleich mit Sperrholzplatten vernagelt wurden. Hinter den Häusern türmte sich der Müll, vor manchen Läden sogar auf dem Bürgersteig. Am Straßenrand rosteten stehen gelassene Autos vor sich hin, die Stück für Stück von Schrottdieben ausgeweidet wurden. Selbst die Backsteinhäuser schienen mit dem Alter zusammenzusacken, als ob es ihnen wie alten Menschen oder alten Ratten an Kraft fehlte, sich aufrecht zu halten. In die Autos zogen Ratten ein und bauten sich in den Sitzpolstern gemütliche Nester.

Hin und wieder stieß ich da draußen auf einen aus unserer alten Bande. Auch sie hatten sich seit ihrem Sprung in die Selbstständigkeit gewaltig verändert. Hohlwangig, verstohlen, lang gestreckt mit Hängebauch – wahrlich abstoßende Gestalten waren sie geworden, fast hätte ich sie nicht wiedererkannt. Meist taten sie so, als würden sie mich auch nicht wiedererkennen. Ständig hatten sie es eilig, jagten Gerüchten von Nahrungsquellen hinterher oder waren auf der Flucht vor »dem Menschen«. Gelegentlich blieb aber doch einer stehen, um Atem zu holen, verriet mir die letzten Neuigkeiten und gab mir womöglich einen Tipp, wo ich mir etwas in den Bauch hauen könnte. Diese Tipps waren meist irreführend, sie sollten mich in die falsche Richtung schicken. Im Grunde hatten sie sich nicht viel verändert. In ihren Augen war ich immer noch der Depp. Bei einer dieser Zufallsbegegnungen erfuhr ich, dass Peewee nicht mehr lebte, er war am Vorabend von einem Taxi überfahren worden. Ich stand mit Shunt auf dem Gehweg, als er auf einen

Fellfetzen mitten auf der Cambridge Street zeigte, der aussah wie ein Teppich. Obwohl Peewee mir nie die geringste Beachtung geschenkt hatte, kam es mich hart an, ihn in dieser Verfassung zu sehen. Im Geiste pinnte ich neben seinen Namen die Worte LÄCHERLICHES und LEBEN.

Und was sollte ich neben meinen eigenen Namen schreiben? Wenn ich am Boden war, fiel mir LACHNUMMER ein oder, schlimmer noch, RATTE, war ich aber guter Dinge – was zu der Zeit häufig der Fall war –, entschied ich mich für GESCHÄFTSMANN. Mein Geschäft waren Bücher – Konsum und Handel. Ich hielt mich viel im Ballon und auf dem Balkon auf und studierte das Geschäftsgebaren. Ich lehnte mich über die Ballonbrüstung hinaus, schwebte ständig in Absturzgefahr und las über Normans Schulter hinweg die Tageszeitung. Zuweilen hielt er seinen Kaffeebecher so, dass ich in der braunen Brühe mein Spiegelbild entdeckte – kein appetitlicher Anblick beim Frühstück. Norman war ein eingefleischter Leser. Er tastete wie ein Blinder auf der Tischplatte herum, bis er seinen Becher gefunden hatte, nahm ihn am Henkel und hob ihn an die Lippen, ohne die Zeitungslektüre zu unterbrechen. Der Kaffeeduft stieg nach oben und sammelte sich unter der Decke. Diesen Duft liebte ich, doch es sollte noch lange dauern, bis ich Kaffee probieren durfte.

In einer Bar fragte mich mal jemand, wonach Bücher schmecken, »so durchschnittlich«. Ich hatte eine Antwort parat, tat aber so, als dächte ich ernsthaft über seine Frage nach, damit er sich nicht blöd vorkam, und sagte erst dann: »Mein Lieber, zwischen deinen Erfahrungen und meinen liegt eine abgrundtiefe Kluft. Deshalb kann ich dir den einzigartigen Büchergeschmack nicht besser beschreiben als mit den Worten, dass Bücher, so durchschnittlich, schmecken, wie Kaffee duftet.« Das war dick aufgetragen, und ich erkannte an der Art, wie er sein Glas an die Lippen führte, dass meine Worte Eindruck gemacht hatten. Heutzutage, da ich wieder alleine lebe, steigt kein Kaffeeduft mehr in meine Nase, womit eine Annehmlichkeit mehr aus meinem Leben verschwunden ist.

Nach der morgendlichen Zeitungslektüre belauschte ich Norman im Gespräch mit seinen Kunden. Viele von ihnen – vielleicht die meisten – waren echte Leser, die ein paar gute Bücher billig zu erwerben hofften. Wenn sie ohne einen bestimmten Titel auf den Lippen hereinkamen oder wenn ihr Herumstöbern ziellos wirkte, spürte Norman das sofort und verstand es, sie in die richtige Richtung zu lenken. Er war ein echter Sherlock Holmes, wenn es darum ging, vom Äußeren eines Menschen auf seinen Charakter zu schließen. Mit einem Blick konnte er aus der Kleidung, dem Akzent, der Frisur, sogar aus dem Gang ableiten, welche Art von Buch sie schätzten, und er machte dabei nie einen Fehler, nie empfahl er jemandem *Peyton Place,* der mit *Doktor Schiwago* besser bedient gewesen wäre. Oder umgekehrt – Norman Shine war kein Snob. Er war untersetzt und hatte einen dicken Hintern. Sein Gesicht war breit, mehr breit als lang, und sein Mund sehr klein. Den zog er beim Zuhören zusammen. Fragte man ihn etwas, zum Beispiel, ob er *Dombey und Sohn* von Dickens oder *Das Leben der Marianne* von

Marivaux vorrätig habe, schon schnurrte sein Mund zusammen. Das sah aus, als zöge man die Schnur eines Pompadours zu oder pikste eine Seeanemone an. Egal, was man fragte, und war es noch so platt – »Von wem ist *Krieg und Frieden*?« oder »Wo ist hier die Toilette?« –, er neigte den Kopf so weit nach vorn, dass er sein Gegenüber über den Rand seiner Brillengläser hinweg ins Auge fassen konnte, kräuselte die Lippen und benahm sich überhaupt so, als hätte man ihm die anspruchsvollste aller Fragen gestellt. Dann gab die Seeanemone ihre Schreckstarre auf, die Zugschnur am Pompadour lockerte sich, und sein Mund erblühte zu einem äußerst gewinnenden Lächeln. Dabei hielt er den Zeigefinger in die Luft, als wolle er die Windrichtung feststellen, und sagte: »Hinterzimmer, die Regale links, drittes Fach von unten, ganz am Ende« oder ähnlich Präzises. Mit dem blanken Schädel und den Haarbüscheln an den Schläfen sah er aus wie ein vergnügter Klosterbruder. Manchmal verwechselte ich ihn fast mit Bruder Tuck.

Samstags, vor allem bei schönem Wetter, war nachmittags der Laden voll. Norman verließ seinen Tisch neben dem Eingang und half den Leuten dabei, das richtige Buch zu finden. Schön sah er aus, wie er sich anmutig durch die Menge bewegte. Er glich einem Musketier. Er war Athos, ruhig und zurückhaltend, nur schwer in Harnisch zu bringen, aber wenn, dann reagierte er mit tödlicher Sicherheit. Wird er rücklings mit einer Frage überfallen, wirbelt er herum, stößt sein Rapier ins oberste Regalfach und erbeutet, aufgespießt und glänzend wie ein Fisch an der Harpune, den Band

Tod in Venedig. Die nächste Frage eines Kunden treibt ihn einen Gang hinunter, lässt ihn bei einem Eckregal abbiegen, eine Finte nach links ausführen in Richtung Jugendbücher, dann, geduckt, einen Ausfall nach rechts machen – und schon trifft seine Degenspitze *Betty Crockers BilderKochbuch.* Die dritte Frage, gestellt von einer krummen, hässlichen alten Frau im Regenmantel, wird mit derselben Hochachtung aufgenommen. Eine tiefe Verbeugung, eine galante Pirouette, zwei blitzschnelle Stöße, und schon liegen *Die Kraft des positiven Denkens* und *Arthritis und gesunder Menschenverstand* griffbereit vor der geschätzten Kundin. Bravo, mon vieux Athos, bravo.

Doch zur Höchstform lief Norman an Regentagen auf, wenn sich im Laden kein Kunde blicken ließ und er durch die Gänge strich, bewaffnet mit einem großen Staubwedel aus Truthahnfedern, mal wedelte er rechts, mal wedelte er links und pfiff oder summte dabei. Wenn ich ihn so erlebte, kam mir der Gedanke, wie schön es ist, ein Mensch zu sein. Regentage waren auch für mich äußerst angenehm. Eingelullt vom Tropfengetrommel, nickte ich gelegentlich auf meinem Posten ein. Zuweilen hatte ich Albträume, in denen ich entsetzlichen Todesqualen erlag, zermalmt von einem Wörterbuch-Wälzer oder kreischend heruntergespült durch ein Abflussrohr. Davon wachte ich auf und war wieder in meinem warmen, trockenen Bücherladen, draußen rauschte der Regen, drinnen fächelte der Federwisch, und ich war glücklich.

Doch die Welt vor der Buchhandlung wurde mehr und mehr zu etwas, zu dem ich nicht gehören wollte.

Während unseres Erkundungsgangs »da oben« hatte sich Mam bei Luweena und mir bitterlich über unsere fehlende Dankbarkeit beschwert, schließlich habe sie uns viel Gutes getan und großartige Stellen zum Scharren und Schaben gezeigt. Das war lachhaft. In meinen Augen hatte sie uns eine Menge gefährlicher Fallen gezeigt und nicht viel, wofür man dankbar zu sein hatte. Die einzige Ausnahme war das Rialto Theater, und dafür bin ich ihr bis heute unendlich dankbar. Kein Rialto, keine Sehnsucht. Keine Sehnsucht, keine Hübschen. Keine Hübschen, und ... na was schon? Keine Hübschen, und zurück bleibt ein einsamer Nager vor verschlossenem Paradies, in tiefes Grübeln über das Ausmaß seiner Verzweiflung versunken. Der Rest meiner Familie war in gewisser Weise begnadet. Dank ihrer mangelnden Fantasie und ihres kurzen Gedächtnisses stellten sie keine höheren Ansprüche, dachten nur ans Fressen und Rammeln, und davon bekamen sie so viel, dass es für ein Leben reichte, so kurz es auch sein mochte. Doch so ein Leben war nichts für mich. Ich Idiot hatte höhere Ziele. Und außerdem war ich furchtbar ängstlich. Das Rialto schien der einzige einigermaßen sichere Ort in der ganzen düsteren Gegend, wo man noch etwas Essbares auftreiben und es in aller Ruhe verzehren konnte, ohne sich Sorgen machen zu müssen, welches Unheil als Nächstes drohte und einen in einen Teppich verwandeln könnte wie Peewee. Das Rialto war sowohl Kino als auch Absteige und rund um die Uhr geöffnet. Die Hälfte des Publikums wollte nur schlafen – es war billiger als ein Zimmer und wärmer als die Straße. Liebevoll wurde es »die Kratzbude«

genannt und von Ratten meist gemieden wegen des Ungeziefers, einer blutgierigen Armee von Flöhen und Läusen, und auch wegen des Gestanks nach alten Leuten, armen Leuten, Schweiß und Wichserei, der sich mit dem stechenden Geruch nach Pestiziden und Desinfektionsmitteln mischte, die dort einmal pro Woche eingesetzt wurden. Doch dank meines Naturells schien mir der Preis niedrig, den man in Kauf zu nehmen hatte. Das Rialto spielte tagsüber und abends alte Filme, alles in allem vielleicht vierzig Streifen, die ständig wiederholt wurden, um die Fassade einer reichlich fadenscheinigen Anständigkeit aufrechtzuerhalten. Aber um Mitternacht, wenn das Bürgertum und seine Sittenrichter in den Betten lagen und die Polizei getrost ein Auge zudrückte, schaltete das Programm auf Pornos um. Punkt null Uhr wurde das Programm unterbrochen, es folgte ein Gekratze und Geflacker, bei dem Charlie Chan oder Gene Autry mitten in der Filmspule stockend zum Stillstand kamen. Danach herrschte totale Finsternis, einige Minuten wurde gehustet und gescharrt, und dann ratterte der Projektor wieder los und klang gleich viel jünger und frischer. Der Unterschied war enorm.

Obwohl das Rialto eine Menge zu bieten hatte, war der Zuschauerraum immer nur spärlich besetzt. So war es mir ein Leichtes, durch die leeren Sitzreihen zu huschen und mit feinstem Gespür die köstlichsten Bissen zu ergattern: Bonbons, Popcorn und gelegentlich sogar einen Hotdog oder Räucherschinken (die Schlafgäste brachten oft Fresspakete mit), während über mir das Lichtbündel des Projektors aufblitzte wie ein Suchscheinwerfer. Dieses Überangebot an Proviant war jedoch für mich nicht die Hauptattraktion im Rialto. Denn um Mitternacht erschienen auf der Leinwand, nackt und riesig wie Amazonen, solche Wesen wie die, die mich in jener Nacht vor dem Casino mit ihrer Schönheit betört hatten. Doch hier nun trugen sie keine schwarzen Balken quer über Brust und Unterleib und waren auch nicht in künstlicher Reglosigkeit erstarrt. Hier bewegten sie sich wie echte Lebewesen in Farbe, sie tanzten, und manchmal rekelten sie sich auf Teppichen, hergestellt aus erheblich pelzigeren Tieren als Peewee. Sie rekelten sich alleine oder mit Männern, deren aufdringliches Gehabe mit all ihren Muskeln und Sehnen ich so überflüssig und abstoßend fand wie bei übergroßen Rattenbabys. Bisweilen rekelten sie sich in engster Umarmung. Ich sehnte mich nach der glatten Haut, wollte sie riechen, streicheln, schmecken, sehnte mich nach dem üppig wallenden Haar, wollte mein Gesicht darin vergraben und selig schmachten. Ich wusste, was die Angehörigen meiner angeblichen Spezies, die wenigen, die sich überhaupt hereintrauten, von diesen samthäutigen Wesen halten würden. Wo ich Engel erblickte, erblickten sie abstoßende Zweibeiner, plump, unbehaart und eingebildet. Und wenn sie sie nicht auslachten, dann nur deshalb, weil sie nicht lachen konnten.

Die magische Wirkung dieser erhabenen und faszinierenden Kreaturen auf mich war so groß, dass ich freiwillig auf Stunden und ganze Tage in der Buchhandlung verzichtete, nur um sie zu sehen. Wieder ziehe ich mein Fernrohr hervor. Zitternd vor Ungeduld warte ich ab, bis meine Augen sich an die flackernde Dunkelheit gewöhnt haben. Ich nehme das Rialto der Träume und Erinnerungen ins Visier, schwenke mein Fernrohr hierhin und dahin, bis ich mein jüngeres Ich finde, den noch unbekümmerten Vorfahren des heutigen Wracks, eingefangen im Rund der Linse: In der Vorderpfote halte ich etwas, das nach einem Stück Snickers aussieht, und hocke auf einem Sitz in der ersten Reihe zwischen den betrunkenen Schnarchsäcken, mampfenden Bettlern, Sabbergreisen und Wichsern. Leise kauend, genieße ich meinen Leckerbissen, wie ich genieße, was sich vor meinen Augen abspielt: das langsame Ausziehen, die hinausgezögerten Verrenkungen, das wilde Herumwirbeln jener Wesen, die ich in meinen Gedanken schlicht »meine Hübschen« nannte. Kauen und Schauen, Schauen und Kauen, zutiefst versunken, zutiefst glücklich. Ich schäme mich nicht. Manchmal denke ich, alles, was wir im Leben brauchen, ist ein Haufen Popcorn und ein bisschen Schönheit.

Norman erwarb die meisten seiner Bücher bei Nachlassveräußerungen, und das war für mich der einzig traurige Aspekt des Buchhandels. Wenn er von einer solchen Einkaufstour zurückkehrte, war sein alter Buick-Kombi mit den Holzleisten meist so schwer mit Büchern beladen, dass beim Zurücksetzen vor die Ladentür die Stoßstange über den Bürgersteig schrammte. Norman klappte die Hecktür auf, trug die Bücher stapelweise herein und türmte sie neben dem Schreibtisch bauchhoch auf. An den folgenden Tagen schlug er jedes Buch einzeln auf und schrieb mit Bleistift den

Preis hinein. Dieser Teil des Geschäfts war mir zuwider. Am schlimmsten fand ich es, über seine Schulter hinweg die Widmungen zu lesen: »Für meinen geliebten Peter an unserem fünfzigsten Hochzeitstag« (in *Die Sinnsprüche Omars des Zeltmachers*), »Dieses Buch hat mir die leider verstorbene Violet Swain geschenkt, als wir beide siebzehn waren« (in *Der Fänger im Roggen*), »Für Mary, hoffentlich ein Trost« (in *Geistliche Sonette* von John Donne), »Zur Erinnerung an unsere Wochen im italienischen Paradies« (in Ruskins *Die Steine von Venedig*), »Wahnsinn ist nur fehlgedeutetes Genie – bete für mich« (in Blakes *Lieder der Unschuld und Erfahrung*), »Ich lebe, ich sterbe; ich habe gelebt, ich bin tot; ich werde sterben, ich will leben« (in Kierkegaards *Furcht und Zittern*). Dutzende davon in jeder Wagenladung. Man hätte die Bücher mit ihren Besitzern begraben sollen, wie es bei den alten Ägyptern üblich war, damit sich nicht später fremde Hände daran vergriffen – sollten die Bücher sie doch begleiten auf ihrer langen Wanderung durch die Ewigkeit.

Die meisten Bücher wurden mit weniger als einem Dollar eingepreist, doch Norman hatte auch einen Blick für Wertvolles und obendrein – man denke an die Schädelhöcker über seinen Ohren – eine Begabung für Heimlichtuerei. Wenn er bei einem dieser Nachlassverkäufe ein wirklich wertvolles Buch entdeckte, ließ er sich nichts anmerken, bis er das Exemplar für einen Spottpreis erworben hatte. Er konnte ein Buch für fünf Cent einkaufen und es gleich darauf in seiner Vitrine ausstellen und am nächsten Tag für tausend Dollar weiterverkaufen. Kamen Sammler zu ihm, um seine

Schätze zu sichten, zogen sie weiße Handschuhe an, bevor sie etwas in der Vitrine berührten. Einige dieser Raritäten waren Bücher, die Norman noch ein paar Tage zuvor in seinem Kombi herumgekarrt hatte. Das durften die Sammler natürlich nicht wissen! Die saßen so feierlich da wie Päpste mit ihren weißen Handschuhen, hielten ein Buch so vorsichtig in Händen wie ein Neugeborenes und redeten über Provenienz, Erstdrucke, Autografen und den großen Rosenbach. Manche dieser Herrschaften wussten eine Menge über die Geschichte des Buches, aber keiner wusste so viel wie Norman, ihn konnte niemand über den Tisch ziehen. Er war großartig. Ich dachte bald, er wisse alles. Im Geiste hatte ich längst das Schild abgenommen, das ihn bloß als den »Eigner des Schreibtisches« bezeichnete, stattdessen hatte ich neben seinem Namen zwei neue Schilder angebracht: DER FECHTER und DER HÜTER DES SCHLÜSSELS ZUM WISSEN. Von hier aus war es ein kleiner Schritt, über das Bild vom Schlüssel auf den heiligen Petrus zu kommen. Und dabei vermischte sich das Bild von Norman Shine mit meiner Vorstellung von Heiligkeit.

Der Handel mit Büchern hatte noch eine andere sehr interessante Seite, eine, die Norman in die Nähe des unsichtbaren Filmvorführers im Rialto rückte. Sie müssen wissen, neben den Regalen der oberen Ebene mit den gut erhaltenen antiquarischen Büchern, den abgenutzten Büchern im Keller und den Raritäten in den Vitrinen gab es auch noch Bücher in dem alten Tresor vor dem Rattenloch. Dabei handelte es sich um indizierte Bücher, kartonierte Ausgaben mit weißem

Umschlag aus den Verlagen Olympia Press und Obelisk Press, Schmuggelware aus Paris. Darunter waren Titel wie *Wendekreis des Krebses, Notre-Dame-des-Fleurs, Ginger Man, The Naked Lunch, Mein Leben und Lieben.* Die Käufer dieser Bücher flüsterten die Titel nur. Wenn Norman den Kunden kannte oder ihm (es waren alles Männer) nach kurzer Einschätzung Vertrauen schenkte, fiel die Bruder-Tuck-Maske: Normans runde Augen wurden schmal, sein kleiner Pompadour-Mund verzog sich zu einem Schlitz. Plötzlich war man in einem anderen Film: Vor uns ein Spion des französischen Untergrunds bei der Übergabe gefälschter Papiere oder vielleicht ein Hehler beim Verticken gestohlener Diamanten. »Mo-ment!«, sagte er dann und schaute sich wachsam um. Danach ging er vor dem Tresor in die Hocke, wie um den Inhalt seines Safes vor neugierigen Blicken zu schützen, und schob die Schmuggelware eilig in eine schlichte braune Papiertüte ohne den Aufdruck PEMBROKE BOOKS, wobei sich sofort ein Hauch von Paris – Gauloises Bleu, Rotwein, Autoabgase – aus der offenen Tresortür mit dem Kaffeeduft unter der Decke mischte. Da dachte ich: Der gute alte Norman, ein Kämpfer für die Freiheit der Kunst und der Meinung! Das zeigt, wie sehr ich schon vor meiner Begegnung mit Jerry Magoon im Herzen ein Revolutionär war. Das zeigt auch, dass ich die auf der Hand liegende Tatsache verdrängte, dass Norman zwar für die Freiheit kämpfte, aber auch einen Riesengewinn einstrich. Heute weiß ich: Er war ein ambivalenter Charakter. Doch damals war der einzige ambivalente Charakter, für den ich mich interessierte, ich selbst.

All diese neuen Eindrücke führten zu einem Wettstreit zwischen Pembroke Books und dem Rialto. Auf mich wirkten sie wie zwei verfeindete Tempel, die um meinen Beitritt wetteiferten – auf der einen Seite die Wissenden und Erleuchteten, auf der anderen die Engel. Mal gab ich den einen nach, mal mich den anderen hin. Und wenn ich mich schon für die Rialto-Seite entschied, blieb ich oft gleich die ganze Nacht. Auf diese Weise konnte ich das Tagesprogramm mitkriegen, ohne mich am helllichten Tag auf die Straße wagen zu müssen. Unter den ewig wiederholten Schwarzweißfilmen gab es neben Charlie Chan und Gene Autry auch Western, Krimis, Musicals und Filme mit Joan Fontaine, Paulette Goddard, Abbott und Costello, James Cagney und Fred Astaire. Der Filmvorführer muss eine Schwäche für Fred Astaire gehabt haben, so oft zeigte er Filme mit ihm; es dauerte nicht lange, bis auch ich eine Schwäche für Astaire hatte. Wenn er auf der Leinwand erschien, blieb ich immer sitzen. Ich war sicher, dass der Mann am Projektor ebenfalls ein Hüter von Mysterien war, ganz wie Norman. Zwei Tempel, zwei Priester. Gerne hätte ich ihn einmal zu Gesicht bekommen, was mir aber nie gelang.

Fred Astaire wurde mein Vorbild – sein Gang, sein Reden, seine Vorlieben. Konsequent entwickelte ich auch für Ginger Rogers eine Schwäche und zählte sie zu meinen Hübschen. Dann und wann passierte es, dass ein Film mit ihr als letzte Nummer vor der Apotheose um Mitternacht lief. Bekleidet mit einem fließenden Gewand, Hand in Hand mit Astaire, löste sich die juwelengeschmückte und anscheinend schwerelose Ginger mitten in einer Arabesque penchée plötzlich in nichts auf, wie Eurydike von einer schwarzen Wolke eingehüllt. Und ich saß in der von Husten und Scharren erfüllten Finsternis, die sie verschluckt hatte, und fürchtete, sie sei für immer verschwunden. Dabei übermannte mich echte – nicht eingebildete – Trauer. Ich baute tatsächlich einen so starken emotionalen Druck in mir auf, dass mit einem Mal, begleitet vom Surren des Projektors – mittlerweile für meine Ohren eine ebenso mitreißende Musik wie Wagners Ritt der Walküren –, sie wieder vor mich hintrat, zurück aus dem Totenreich, nackt in den Himmel erhoben, und sich wie hingegossen auf einem Teppich rekelte. Etwas Magisches geschah. Ich sehnte mich danach, mich ihr als Verehrer zu nähern, mit einer Rosenblüte in den Pfoten, und diese Blume voller Scheu wie eine Opfergabe in die kleine Vase ihres Bauchnabels zu stecken. Allerdings vermute ich, dass dieser Gefühlssturm, dieses zehrende Verlangen zu viel war für meine zarte Konstitution, und wenn ich spätnachts in meine staubige Bude in der Decke der Buchhandlung heimkehrte, verfiel ich in tiefe Depression. Unerwiderte Liebe ist schlimm genug, aber unerwiderbare Liebe kann einen richtig fertigmachen.

Ich aß dann zwei Tage lang nichts. Ich las Byron. Ich las *Sturmhöhe*. Ich nannte mich Heathcliff. Ich lag auf dem Rücken. Ich betrachtete meine Zehen. Anschließend stürzte ich mich voller Energie in die Arbeit. Ich wurde Jay Gatsby. Ich war nicht unterzukriegen. Ich ging weiter meinen Geschäften nach. Äußerlich blieb ich der nette Typ, wer ahnte schon, dass sich in meiner Brust ein gebrochenes Herz verbarg?

Jeden Morgen lasen Norman und ich den *Boston Globe*. Wir lasen ihn von vorn bis hinten, einschließlich der Stellenanzeigen. Mich erreichten Nachrichten aus aller Welt. Ich wurde ein gut informierter Bürger, und wenn die Zeitung sich an »die allgemeine Öffentlichkeit« wandte, überkam mich immer ein Anflug von grenzenlosem Stolz. Ich lernte mich im Raum zu orientieren: Wenn ich vor der gläsernen Vitrine stand, trieb meine Nase einen Keil in Richtung Provincetown jenseits der Bay, und mein Schwanz schoss einen Pfeil über die Route 2 nach Fitchburg. Orientierung auch in der Zeit: Direkt hinter mir lagen die Wahl des ersten katholischen Präsidenten der USA, der Absturz eines Spionageflugzeugs über Russland, ein Massaker in Südafrika, während sich vor mir, laut *Boston Globe,* die nukleare Vernichtung abzeichnete, kürzere Damenröcke und eine Unzahl neuer Filme.

Aus dem Lokalteil erfuhr ich, wie die Red Sox spielten und was nach der Planierung des Scollay Square vorgesehen war. Planierung bedeutete den unaufhörlichen Einsatz von schwerem Gerät. Artikel über dieses Thema waren keine leichte Lektüre, besonders für mich nicht. Schließlich kannte ich kein anderes Leben. Wo sollte ich denn hin, ohne Buchladen, ohne Rialto? Auch Norman belastete es, das fiel auf, weil er dauernd davon redete. Er redete darüber mit dem langen, kahl werdenden Alvin Sweat, dem Besitzer von Sweat's Sweets nebenan, und mit dem fettleibigen, kahl werdenden George Vahradyan, dessen Geschäft auf der anderen Straßenseite eine Mischung aus Drugstore und Teppichlager war und sich Drugs and Rugs nannte. Laut *Boston Globe* stand der Abriss an manchen Tagen unmittelbar bevor, an anderen drohte er in Kürze und an wiederum anderen war er in Planung. An regnerischen Tagen, wenn keine Kundschaft kam, muss die Bedrohung besonders greifbar gewesen sein, denn bei diesem Wetter lungerten alle drei Glatzköpfe um Normans Schreibtisch unter meinem Ballon herum, tranken seinen Kaffee und diskutierten über das, was kommen sollte – wann es kommen sollte und was sie selber um Gottes willen tun sollten, nachdem es gekommen wäre –, und klagten. Alvin hatte ein Faible für blumige Ausdrücke, und George hatte ein Faible für dicke Zigarren. Sie standen am Schreibtisch und redeten auf Norman ein. Dabei vermischten sich Alvins »Blitzwichser«, »Darmleuchter« oder »Tittennutten« mit Georges Zigarrenrauch, beides stieg zur Decke empor, wo es sich mit den Aromen von Kaffee und Paris verband. Diese Gespräche trugen natürlich nicht zur Rettung des Stadtviertels bei. Regelmäßig waren Norman und ich hinterher so deprimiert, dass wir uns in Arbeit flüchteten, Bücher hervorzogen und mit einem Tuch abstaubten, wenn nichts anderes zu tun war. Das galt selbstverständlich nur für Norman. Für mich galt es, in meinem Bett auf dem Rücken zu liegen und an meiner »Ode an die Nacht« weiterzudichten. Die erste Zeile lautete: »Guten Tag, dunkle Nacht!«

Unsere Gegend – vom *Globe* abwechselnd »historisch«, öfter »verschandelt« oder »ratteninfiziert« (was stimmt!) genannt – war ein Hindernis auf dem Weg zum Fortschritt und musste nach dem Willen des Bürgermeisters und des Stadtrats aus der Welt geschafft werden, am besten nach der Devise »Plattmachen und Zubetonieren«. Der *Globe* veröffentlichte einige Zeichnungen mit Ansichten von Boston nach Abschluss der Baumaßnahmen, wenn es sich Miami-artig in den grauen Fluten des Hafens spiegeln sollte. Man plante, den Scollay Square durch eine riesige Betonplatte zu ersetzen, auf welcher dann, um das Volk einzuschüchtern, Verwaltungsgebäude emporschießen sollten wie Festungsanlagen. Norman betrachtete die Bilder in der Zeitung und schüttelte nur den Kopf. Und im Ballon über ihm tat ich das Gleiche.

Einen so großen Teil der Stadt zu zerstören war keine leichte Aufgabe. Die Bauwerke waren alt, hatten tief reichende Fundamente und wollten nicht weichen. Also hielten der Bürgermeister und der Stadtrat Ausschau nach dem geeigneten Mann, nach jemandem, der wusste, wie man schweres Gerät gegen uralte Gebäude und enge Straßen einsetzt, und so kamen sie auf Edward Logue. Er wurde der Bomber genannt, weil er während des Zweiten Weltkriegs in einer B-24 als Bombenschütze gedient hatte. Also war er bestens qualifiziert für das größte Stadterneuerungsprojekt der Menschheitsgeschichte. Er reichte beim Bürgermeister und dem Stadtrat Fotos von Stuttgart und Dresden ein und behauptete: »Ich kann dafür sorgen, dass der Scollay Square bald genauso aussieht.« Und prompt bekam er den Auftrag. In der Zeitung gab es ein riesiges Foto, auf dem er neben dem Bürgermeister zu sehen war. Die beiden reichten sich die Hand, schauten sich dabei aber nicht in die Augen, sondern grinsten in die Kamera. Logue war der Mann für den Totalabriss. Beim

Betrachten des Zeitungsbildes konnte ich nicht umhin, dem Mann eine Uniform der Wehrmacht anzuziehen und ihn zum General zu befördern. Das Leben ging weiter, wir hielten ein Auge aufs Geschäft und das andere Auge auf General Logue und gerieten in eine Untergangsstimmung wie in einen giftigen Nebel.

Kapitel 6

PEMBROKE BOOKS WAR EINE RICHTIG bekannte Buchhandlung, in der gelegentlich auch berühmte Menschen vorbeikamen. Mehr als einmal hatte ich gehört, wie Norman erzählte, Jack Kennedy, später Präsident der Vereinigten Staaten, sei auf einen Kaffee und einen Plausch vorbeigekommen, als er noch Kongressabgeordneter war, und auch Ted Williams, ein bekannter Schlagmann von den Red Sox. Aus denen machte ich mir nicht viel. Doch Norman erzählte den Leuten auch gern aus der Zeit, als der berühmte Dramatiker Arthur Miller hereinschneite, um eine Ausgabe seines eigenen Stückes zu kaufen. Ich wünschte, ich hätte dabei sein können. Ich gab die Hoffnung nicht auf, dass er wiederkäme, oder wenn nicht er, dann irgendein anderer – John Steinbeck, Robert Frost oder sogar Grace Metalious. Sie wohnten alle nicht weit weg. Dann war da noch Robert Lowell, der um die Ecke wohnte. Aber auch der kam nie.

Während meiner Zeit als Untermieter kam überhaupt nur ein Schriftsteller vorbei, und der war zunächst eine Enttäuschung. Er war noch nicht berühmt, und Alvin, der sich eines Tages mit Norman unterhielt, nachdem der Schriftsteller gerade gegangen war, nannte ihn »diesen Bohemien«. Damals befand ich mich noch in meiner bourgeoisen Phase, weshalb mir diese Bezeichnung nicht sehr zusagte. Norman beschrieb ihn auch mal als einen experimentellen Romancier, obwohl er das vielleicht scherzhaft meinte. Dann wieder nannte er ihn einen Spinner und Säufer. Dieser Schriftsteller wohnte über der Buchhandlung, aber das wusste ich noch nicht – ich wusste nicht einmal, dass es weitere Stockwerke gab. Seine Wohnung erreichte man über einen Zugang zwischen Pembroke Books und dem Tattoo Palace. Der Eingang befand sich unter ZIMMER, die Tür selbst bestand oben aus Milchglas, auf dem in einem Halbrund aus Goldbuchstaben DR. LIEBERMAN, SCHMERZLOSE ZAHNBEHANDLUNG stand. Wenn der Schriftsteller den Laden betrat, war er für gewöhnlich auf dem Weg irgendwohin, häufig weiter weg, zum Harvard Square auf der anderen Seite des Flusses in Cambridge. Dorthin fuhr er auf einem sehr alten Fahrrad, das vorn einen großen Drahtkorb hatte, grüne Schutzbleche und in der Mitte der Lenkstange einen kleinen weißen Knopf für die Klingel. Ich weiß nicht, ob sie funktionierte. Er ließ das Fahrrad oft angelehnt am Schaufenster stehen, obwohl Norman ihn gebeten hatte, das nicht zu tun. Mit solcher Lässigkeit konnte ich noch nichts anfangen, daher stellte ich mich auf Normans Seite und hatte anfangs keinen Respekt vor diesem Autor. Er war kein junger Mann mehr, und ich dachte, er sollte sich lieber beeilen, wenn er noch berühmt werden wollte. So spießig war ich. Er war der einzige Mann mit schulterlangem Haar, den ich je gesehen hatte. Es war grau und schütter und um den Kopf mit einem blauen Stirnband zusammengehalten wie bei einem Indianer. Sonst hatte er überhaupt nichts von einem Indianer. Er hieß Jerry Magoon, war ein untersetzter Mann mit einem großen Kopf. Er hatte eine kleine irische Nase, einen großen, hängenden Schnurrbart über einem breiten, dünnlippigen Mund und blaue Augen. Eines davon starrte immer zur Seite. Man wusste nie so genau, ob er einen anschaute oder nicht. Und er trug immer denselben zerknitterten blauen Anzug und eine schwarze Strickkrawatte. Das verlieh ihm ein eigenartig widersprüchliches Äußeres, als versuche er zwar, sauber und ordentlich zu sein, schlafe aber in seinen Sachen.

Bis auf Anzug und Krawatte wirkte er wie ein Goldsucher aus einem Western im Rialto, und bevor ich seinen Namen erfuhr, nannte ich ihn den »Goldsucher«. Später war er für mich der »Gescheiteste Mann der Welt«. Während meiner Zeit in der Buchhandlung kam er oft in den Laden. Er gehörte zu den Stammkunden, und er lungerte immer lange herum, meist im Keller, wo die billigsten Bücher standen. Er zog Bände aus den Regalen, blätterte sie durch und stellte sie wieder zurück, und manchmal, wenn er einen fand, der ihm gefiel, las er ihn im Stehen ganz durch. Während er las, murmelte er vor sich hin und wackelte mit dem großen Kopf. Die Fahrt mit dem Fahrrad nach Cambridge dauerte lange, und er war ein ziemlich alter Mann, daher nahm ich an, dass er es nicht eilig hatte, in Gang zu kommen. Und Norman schien es nichts auszumachen. Nach einer Weile wurde mir klar, dass Norman den Schriftsteller sogar mochte, also hatte ich ihn auch gern.

Manchmal half er Norman, den mit Büchern vollgepackten Kombi zu entladen, und ein Mal bezahlte Norman ihn dafür, die Windschutzscheibe des Wagens zu putzen. Das machte er gut. Für gewöhnlich kaufte er nichts – er war anscheinend sehr arm –, aber eines Tages, kurz nach Frühlingsanfang, verließ er den Laden mit einer großen Tüte voller Bücher. Was in der Tüte war, konnte ich nicht sehen, doch am Abend rekonstruierte ich den Inhalt anhand der Lücken in den Regalen. Nur Religion und Science-Fiction: Buber, *Der Weg des Menschen nach der chassidischen Lehre,* Asimov, *Sterne wie Staub,* Van Vogt, *Die Waffenläden von Isher,* Bultmann, *Geschichte und Eschatologie,* und Heinlein, *Bewohner der Milchstraße.* Die gehörten alle zu meinen eigenen Lieblingswerken. Später nahm er mal alle Bücher mit, die wir über Insekten hatten. Und da fragte Norman ihn, während er sie einpackte, woran Jerry gerade arbeite. Ich fiel beinahe aus dem Ballon, als ich seine Antwort hörte.

»Ich habe einen neuen Roman in der Mache«, sagte Jerry, »über eine Ratte. So eine pelzige. Den werden sie garantiert nicht leiden können.«

Norman lachte. »Eine Fortsetzung?«, fragte er.

Und Jerry antwortete: »Nein, diesmal ist es was ganz anderes. Mit dem breitgetretenen Zeug bin ich durch. Man muss in Bewegung bleiben, weißt du. Wie Haie. Wenn du dich nicht von der Stelle rührst, ertrinkst du.«

Offensichtlich wusste Norman das, denn er nickte nur und reichte Jerry die Bücher.

Sobald danach ein neuer Schwung Bücher eintraf, wühlte ich mich hindurch und suchte nach Jerry Magoons Roman. Wunder geschehen – dessen war ich mir sicher. Ja, sie widerfuhren mir sogar jedes Mal, wenn ich unbeschadet vom Square nach Hause gelangte und einen dankbaren Seufzer für ein weiteres Wunder gen Himmel schickte. Und das wurde mir wieder einmal bewusst an dem Abend, als ich den Roman endlich in die Pfoten bekam. Ein billig gedrucktes Taschenbuch mit 227 vergilbten Seiten. Auf dem Titel stand New York vor einem knallgelben Hintergrund in Flammen, während über der lodernden, in Rauch gehüllten Skyline eine riesige Ratte aufragte, größer als das Empire State Building. Sie hatte rote Augen und tropfende rote Fangzähne. Der Titel stand in blutroten Pinselstrichen oben auf dem Umschlag: *Kuckuckseier.* Und weiter unten, in einer Schrift, die mir unverschämt klein vorkam, fand sich der Name E.J. Magoon. Nachdem ich das Buch gelesen hatte, war mir klar, dass die Leute bei Astral Press, die es 1950 herausgegeben hatten, ein echtes Talent für Übertreibung besaßen – im Buch kamen überhaupt keine Riesenratten vor, wenn auch gegen Ende ziemlich viele brennende Städte.

Ein Jahrhundert vor dem jetzigen Zeitalter hatten die freundlichen und äußerst intelligenten Bewohner von Axi 12, einem Planeten am Rande unserer Galaxis, Robotersonden ausgeschickt, um den Planeten Erde zu untersuchen, den einzigen Planeten in der gesamten Galaxis außer ihrem eigenen, der von höheren

Lebensformen bewohnt wurde. Diese Sonden hatten eine riesige Datenmenge über die Erde und ihre Geschöpfe gesammelt, und die Axier glaubten, die Zeit sei reif, tatsächlich Kontakt mit den Erdlingen aufzunehmen, obwohl sie wussten, dass es nicht einfach sein würde. Während die Axier viel weiter entwickelt waren als die Erdlinge, sowohl ethisch als auch intellektuell, hatten sie aus Sicht der Erdlinge das Pech, wie Nacktschnecken auszusehen. Noch dazu waren sie so groß wie Shetlandponys. Dank ihrer Intelligenz besaßen sie das Einfühlungsvermögen zu erkennen, dass ihre äußere Erscheinung den Erdlingen vielleicht eine falsche Vorstellung von der höheren Moral und den geistigen Fähigkeiten der Axier vermitteln könnte. Es war sogar denkbar, dass die Erdlinge sich weigern könnten, sich mit Schnecken in der Größe von Ponys anzufreunden. Zum Glück waren diese überragenden Schneckenwesen auch im Besitz von fortgeschrittenen protoplasmatischen Verwandlungstechniken, und sie beschlossen, eine Forschungsexpedition zur Erde zu schicken, bestehend aus einem Dutzend Axiern, die man zuvor in die Form der auf der Erde dominanten Spezies verwandeln würde. Damit diese Forscher nun lernten, die Gebräuche und die Sprache der Erdlinge von Grund auf zu verstehen, bevor sie Kontakt aufnahmen, wurden sie darüber hinaus als Kinder geschickt, außerirdische Wechselbälger, Kuckuckseier, die nichtsahnende Erdenmütter wie eigene Kinder aufziehen sollten. Daher der Titel des Buches. Wenn diese Wechselbälger dann innerhalb der dominanten Spezies erwachsen wären, Meister der Sprache und Gebräuche auf Erden, mit Freunden und Bekannten – ja sogar mit Geschwistern und Eltern –, wären sie genau richtig platziert, um als Vermittler zwischen Erdlingen und Axiern zu fungieren.

Der Plan klang gut, doch leider hatten die Robotersonden der Axier trotz jahrzehntelanger orbitaler Schnüffelei und Analyse einen blöden Fehler gemacht und waren zu dem falschen Schluss gekommen, die dominante Spezies der Erde sei die Wanderratte. Infolge dieses Irrtums nahmen eines Tages im Jahre 1955 ein Dutzend nichtsahnende weibliche Ratten die gleiche Anzahl protoplasmatisch veränderter Axier in ihren Nestern auf, die jetzt von den natürlichen Nachkommen der Ratten nicht mehr zu unterscheiden waren. Die Axi-Kinder erkannten den Fehler schon bald. Doch die verstörten Wechselbälger – angeführt vom flotten Alyak – versuchten heldenhaft, ihre Mission weiterzuverfolgen, mit der dominanten Spezies Kontakt aufzunehmen, von der sie jetzt wussten, dass es die Menschen waren. Der Rest des Buches erging sich in detaillierten Beschreibungen, wie sie durch diese gnadenlose Spezies grauenvoll zu Tode kamen, auch wenn die echten Ratten, die sie noch immer für ihre Artgenossen hielten, edle und aufopfernde Versuche unternahmen, sie zu retten. Nach jedem Mord an einem Axier auf der Erde wurde eine exakte Darstellung seines Todes auf telepathischem Weg durch die Galaxis nach Axi 12 übertragen, und die Bilder waren so grauenvoll, dass sie selbst das friedliche und ethisch höherentwickelte Volk von Axi erzürnten. Obwohl ihre Raumschiffe ein paar Jahre brauchten, um zur Erde zu kommen, verwandelten sie unseren Planeten nach ihrer Landung in einen Feuerball. Daher die brennenden Städte auf dem Einband. Im Epilog, der 1985 angesiedelt ist, sind alle Menschen verschwunden und mit ihnen alle anderen großen Fleischfresser, während die Wanderratte unangefochten auf der verkohlten Kruste des zerstörten Planeten herrscht.

Ich klappte *Kuckuckseier* zu und setzte mich darauf. Ich war den Tränen nahe und pinnte unter Jerrys Namen die Wörter SEELENVERWANDTER und EINSAMKEIT. Jetzt begriff ich, dass er den großen Drahtkorb vorn an seinem Fahrrad brauchte, nur um seine enorme Verzweiflung herumzukarren, und dass das Auge, das zur Seite blickte, in die absolute Leere des menschlichen Lebens starrte, in die Unendlichkeit von Zeit und Raum, eine Leere und eine Unendlichkeit, die er in seinem Buch unter der Bezeichnung die Große Leere zusammengeführt hatte. Und Sie können sich vorstellen, welchen Auftrieb der Roman meiner Selbstachtung gab. Vorbei war die Zeit der Sumpflöcher im Urwald, Schluss mit den bedeutungslosen Wörtern und Gesten – ich hatte eine ganz neue Geschichte. Den Etiketten PERVERSER, SPINNER und ANOMALES GENIE konnte ich jetzt das entlastende Adjektiv AUSSERIRDISCH hinzufügen. Es hilft enorm, wenn man in einsamen Nächten zu den Sternen aufblicken kann und sie nicht nur als Flocken aus brennendem Eis in der Großen Leere sieht, sondern als die erleuchteten Fenster der Heimat. Leider verhilft einem die Tatsache, ein Außerirdischer zu sein, nicht zu den praktischen Vorteilen von Wohlstand und Ruhm, noch erhöht sie auch nur im Geringsten die Wahrscheinlichkeit, dass man den Tag unbeschadet übersteht. Ganz davon abgesehen, habe ich die Geschichte auch nie geglaubt.

Während der Geschäftszeiten, wenn ich weder schlief noch aus dem Ballon schaute, traf man mich auf dem Balkon an. Nichts von dem, was unten im Laden passierte, entging mir. Wenn Norman einen besonders guten Verkauf getätigt hatte, gab er ihn in die verzierte, antike Registrierkasse ein, die auf einem Gestell neben der Tür stand. Dann klatschte ich in die Pfoten und rief unhörbar: »Weiter so, Norm!« *Jubel aus dem Abseits des Lebens.*

Pembroke Books war ein großer Laden – vier Räume voller Bücher, den Keller nicht mitgerechnet –, und Norm kannte ihn wie seine Westentasche. Doch auch er war nicht ohne Fehl. Hin und wieder suchte er und fand nicht, stocherte und kam mit leeren Händen wieder. Wenn das passierte, tat es weh, ihm zuzusehen. An ein Mal erinnere ich mich besonders gut. Die Suche galt der dünnen *Ballade vom traurigen Café*. Danach verlangt hatte eine Zwergin, eine junge Frau in einem Kamelhaarmantel, der so groß war, dass er wie ein Tipi an ihr hing und über den Boden schleifte. Der Saum war voller Schlamm. Sie lungerte schon eine Weile herum, scheinbar, um zu schmökern, aber eigentlich glaube ich, dass sie nur Mut sammelte, den Mund aufzumachen. Sobald sie ihre Frage laut geäußert hatte – falls laut äußern der richtige Ausdruck für ihr verhuschtes Wispern ist –, machte Norman auf dem Absatz kehrt und steuerte zuversichtlich die Regale mit den Taschenbuchromanen an, streckte den Arm aus, die Finger erwartungsvoll gekrümmt. Man konnte förmlich sehen, wie das Buch vom Regal in seine Hand sprang. Aber diesmal stellte man es sich vergeblich vor. Diesmal gab das große zerebrale Karteikastensystem seinen Dienst auf. Man hörte beinahe das Klicken in Normans Kopf, als der Apparat versagte. Kein Buch sprang, keine Finger griffen zu. Mit wachsender Unruhe beobachtete ich, wie er das Regal, in dem das Buch stehen musste, von oben bis unten durchsuchte, wie er mit dem Zeigefinger nervös über die Bücherreihen tippte, als wollte er sie zählen, und dann die Fächer darüber und darunter durchstöberte, seine Gesten zuerst ruhig und sicher, dann immer krampfhafter und nervöser. Als es allen schließlich klar war, dass das Buch schlicht und ergreifend nicht vorhanden war, ließ er niedergeschlagen die breiten Schultern hängen.

»Tja, ich dachte, wir hätten es, aber anscheinend habe ich mich geirrt. Tut mir wirklich leid.«

Die Worte richtete er an den Boden direkt vor seinen Füßen, er war unfähig, der enttäuschten Kundin in die Augen zu schauen. Er wirkte total verstört, und ich merkte, dass er auch die Zwergin aus der Fassung gebracht hatte, die zweifelsohne bedauerte, überhaupt gefragt zu haben. Ach, wie gern wäre ich aus meinem Versteck gesprungen und hätte gerufen: »Hier ist es, Mr Shine« – ich hätte sorgsam darauf geachtet, ihn mit »Mr Shine« anzusprechen –, »ich habe es hier drüben – es ist zwischen die Kochbücher gerutscht«. Verwundert würde er dann stammeln: »A-aber woher wusstest du das?« Und ich würde antworten: »Pembroke Books ist mehr als nur ein Geschäft für mich, Sir – es ist mein

Zuhause.« Er wäre dann furchtbar beeindruckt und auch gerührt. Und das wäre nur der Anfang. In meinem Traum stellte er mich als Lehrling ein. Rasch stieg ich zum Bürovorsteher auf. Ich trug einen grünen Augenschirm. Mir gefiel, wie ich mit diesem Augenschirm aussah, wie ich bis spätabends vorn am Schreibtisch saß und mich in Schreibarbeit vertiefte – das erinnerte mich an Jimmy Stewart in *Ist das Leben nicht schön?*

Die Nachrichten aus der Welt draußen waren schlecht. Dem *Globe* zufolge hatte General Logue der Stadtverwaltung seine endgültigen Schlachtpläne vorgelegt. Für zwei Familien westlich des Square, über denen das Damoklesschwert der Räumung hing, kämpften Anwälte, doch der Fall galt als aussichtslos. Und im Juni gab der Stadtrat seine Einwilligung: In wenigen Monaten würde der Abriss beginnen. Am Rand des Gebietes waren weite Flächen mit schweren, geölten, einsatzbereiten Maschinen zugestellt. Nach der Entscheidung des Stadtrats brannte fast jede Nacht ein weiteres Gebäude ab, da die Vermieter darum bemüht waren, ihre Verluste in Grenzen zu halten. Sirenen heulten ununterbrochen, und manchmal war der Rauch so dicht, dass man auf den Straßen kaum atmen konnte. Ich arbeitete an meiner »Ode an die Nacht«. Für mich war es »Seine berühmte ›Ode an die Nacht‹«. Doch selbst als der Laden schon auf dem Totenbett lag, kaufte Norman weiterhin Bücher an. Ich glaube, er war auch wie ein Hai, der Angst vor dem Ertrinken hatte.

Ich war schon immer ein Träumer. Und angesichts meiner Situation, was sollte ich sonst sein? Doch ich konnte auch mit allen vieren fest auf dem Boden stehen, wenn es sein musste. Und trotzdem – durchtränkt, sozusagen, vom Nieselregen des Faktischen – ging es mir schlecht, weil ich praktisch nichts tun konnte, um Norman aus der Patsche zu helfen. *Gefühle der Unzulänglichkeit und der Ursprung von Depressionen bei Männern.* Ich begann also, kleine Geschenke mit nach Hause zu bringen. Eines Abends, als ich auf dem Boden des Rialto Popcorn aufsammelte, fand ich einen goldenen Ring. Er hatte die Form von zwei ineinandergewundenen Schlangen. Oben auf dem Ring lagen die Schlangenköpfe Seite an Seite, in entgegengesetzte Richtung blickend. Winzige Smaragde bildeten ihre Augen. Obwohl ich den Ring an eine Stelle hätte legen können, wo die Putzfrauen ihn gefunden hätten, verzichtete ich darauf. Ich klaute ihn sogar ohne die geringsten Gewissensbisse. Längst hatte ich auf meinem Schädel einen länglichen Höcker entdeckt, einen Grat beinahe, der laut Hans Fuchs – dem Mann, der Galls Kraniometrie als Erster in der praktischen Polizeiarbeit anwendete – ein sicheres Zeichen für »kriminelle Neigungen« und »moralische Degeneration« ist. Eigentlich passe ich, bis auf eine offenkundige Untauglichkeit, perfekt in Fuchs' Kategorie eines *monstrum humanum,* der niedrigsten Stufe des Kriminellen. Ich wusste, es hatte keinen Zweck, mein Gewissen einer Schlacht auszusetzen, die es unweigerlich verlieren würde. Wie schon gesagt, ich kann ziemlich pragmatisch sein, wenn es sein muss. Daher trug ich den Ring nach Hause und legte ihn neben den Kaffeebecher auf Normans Schreibtisch, wo er ihn am nächsten Morgen fand. Er nahm ihn zwischen Daumen und Zeigefinger, betrachtete ihn lange, probierte ihn sogar an, streckte die Hand von sich und drehte sie hin und her, wie es eine Frau tun würde. Dann legte er ihn in eine Schublade. Er dachte wohl, ein Kunde habe ihn verloren, und ich rechnete schon damit, dass er ein Schild anbringen würde RING GEFUNDEN – WENDEN SIE SICH AN DIE GESCHÄFTSLEITUNG. Das tat er jedoch nicht, und eine Woche später bemerkte ich den Ring an seinem Finger.

Ein anderes Mal, als ich kurz vor dem Morgengrauen vom Rialto zurück nach Hause schlich, kam ich auf der Cambridge Street an einem Mann und einer Frau vorbei, die sich stritten. Außer den beiden war niemand zu sehen. Sie ging regelrecht auf ihn los und schrie immer wieder »Du Schwein, du verdammtes Schwein«, und jedes Mal, wenn sie »Schwein« sagte, stampfte sie mit dem Fuß auf, als wollte sie zählen, wie oft sie in einem Atemzug »Schwein« sagen konnte. Der Mann schwankte und versuchte sie an den Schultern festzuhalten, aber sie schüttelte ihn immer wieder ab. Er hatte ordentlich getankt, so wie er schwankte. Sie trug Silberschuhe mit sehr hohen Absätzen, die mich an meine Hübschen erinnerten und Mitleid in mir weckten. Mental war ich auf ihrer Seite, wenn es auch nicht viel nützte. Eigentlich nützte es rein gar nichts – warum sollte eine schöne Frau wie sie einen Scheiß darum geben, ob eine diebische kleine Ratte auf ihrer Seite stand? Sie hielt einen großen Strauß gelber Rosen in der Hand, und nachdem sie ungefähr zum fünfzehnten Mal »Schwein« gebrüllt hatte, schlug sie ihm mit dem Strauß mitten ins Gesicht. Die Blumen flogen zu allen

Seiten, und die Frau rannte über die Straße hinunter in die U-Bahn. Lautlos rief ich: »Da hast du es, du Frettchen!« Der Mann blieb einfach eine Weile stehen, schwankte leicht wie in einer sanften Brise zwischen all den verstreuten Rosen, die auf dem Bürgersteig wie gelbe Flammen loderten. Dann begann er, darauf herumzutrampeln und sie mit seiner Schuhspitze auf dem Pflaster zu zerquetschen. Die Drehbewegung vollzog er mit dem Mund nach. Sie stampft, er quetscht. Keine einzige ließ er aus. Dann ging er langsam die Straße hinunter. Ich wartete, um sicherzugehen, dass er nicht wieder zurückkam, kroch hinaus, packte die Rose, die am wenigsten ramponiert war, und trug sie nach Hause, wo ich sie, so gut es ging, zurechtzupfte. Als ich sie schließlich in den leeren Kaffeebecher auf Normans Schreibtisch stellte, war es kurz vor der Öffnungszeit. Ich hätte auch gern noch Wasser eingefüllt, aber das war mir nicht möglich.

Als ich sah, wie Norman auf die Blume reagierte, kam mir in den Sinn, dass ich vielleicht zu weit gegangen war. Er schien ehrlich erschreckt, starrte auf die fremde gelbe Rose in seinem Kaffeebecher, riss die Augen weit auf und schaute sich dann überall um, sogar unter dem Schreibtisch, als befürchte er, jemand wolle ihn von unten anspringen. Er nahm die Rose aus dem Becher und legte sie auf den Schreibtisch. Im Lauf des Vormittags warf er immer wieder einen kurzen Blick darauf, als rechne er damit, dass sie plötzlich etwas tun würde, um ihr Vorhandensein zu erklären, und nach dem Lunch warf er sie in den Mülleimer. Mein Geschenk war nach hinten losgegangen. Statt ihn zu trösten, hatte ich Norman nur mit einer weiteren Sache belastet, über die er sich Sorgen machte, und es tat mir leid. Danach brachte ich ihm keine Geschenke mehr mit.

Ich tickte noch nie ganz richtig, aber ich bin nicht meschugge. Sie können hier ruhig die Augenbraue heben, vielleicht auch alle beide, Tatsache ist und bleibt, Tagträume und Sinnestäuschungen sind das eine, übergeschnappt zu sein das andere. Und ich gehöre nicht zu den Geschöpfen, die spinnen, ohne es zu wissen. Es gibt viele Menschen, die viel schlimmer dran sind als ich. Das habe ich von keinem Geringeren als Dr. Peter Erdman, dem Autor von *The Self as Other.* In diesem Buch erzählt Dr. Erdman wahre Geschichten von außergewöhnlich dicken Menschen, die vor dem Spiegel stehen und darin ein schlankes Pariser Mannequin erblicken, und andere, abgezehrte, die in den Spiegel schauen und Fett wie Wabbelrollen hervorquellen sehen. Sie sehen es tatsächlich. Das nenne ich meschugge. Der Spiegel war für mich nie das Problem – da schaut mir immer nur derselbe kinnlose Typ entgegen –, sondern das Bild von mir selbst abseits des Spiegels, der, den ich sehe, wenn ich auf dem Rücken liege und meine Zehen betrachte und mir all die wunderbaren Geschichten erzähle, wenn ich mich in dem verliere, was ich Träumen nenne, wenn ich den sinnlosen Stoff des Lebens nehme und ihm einen Anfang, eine Mitte und einen Schluss gebe. Meine Träume enthalten alles – alles, das heißt bis auf das Monstrum im Spiegel. Wenn ich einen Satz träume, wie zum Beispiel »die Musik verklang, und in der Stille ruhten alle Augen auf Firmin, der reserviert und gelassen am Eingang zum Ballsaal stand«, dann sehe ich nie eine zu kleine, kinnlose Ratte am Eingang des Ballsaals. Die Wirkung wäre eine ganz andere. Nein, ich erblicke immer jemanden, der Fred Astaire ziemlich ähnlich sieht: schmale Taille, lange Beine und ein Kinn wie eine Stiefelspitze. Manchmal kleide ich mich auch wie Fred Astaire. In dieser speziellen Szene trage ich Frack und Gamaschen und Zylinder. Die Beine in Höhe der Fußgelenke gekreuzt, stütze ich mich lässig auf einen Stock mit silbernem Knauf. Fällt es Ihnen schwer, die Augenbrauen in der Position zu halten? Manchmal, wenn ich auf eine Tasse Kaffee bei Norman vorbeischaue, trage ich eine gelbbraune Strickjacke und Troddelslipper. Ich lehne mich auf meinem Stuhl zurück, schwinge die Füße auf den Schreibtisch, und wir reden über Bücher, Frauen und Baseball. Diesem Bild habe ich den Titel EIN UNTERHALTSAMER PLAUDERER gegeben. Und manchmal, noch immer mit dem Aussehen von Fred Astaire – nun aber verlebt, weltverdrossen, eine Lucky Strike zwischen den Lippen wie ein Franzose –, hacke ich wütend und verzweifelt auf eine alte Remington ein. Mir gefällt das Geräusch der Schreibwalze, wenn ich eine Seite herausreiße und die nächste hektisch einspanne. Ich könnte immer so weitermachen, Ihnen erzählen, wie es an der Tür klopft, wie Ginger hereinkommt, schüchtern, und ein Käsesandwich bringt, das sie mir gemacht hat, der Blick, mit dem sie mich anschaut. Ich könnte Ihnen sogar sagen, was auf den Seiten steht, die sich neben der Schreibmaschine häufen.

Im *Phantom der Oper* gibt es eine Passage, in dem

das Phantom, ein großes Genie, das wegen seiner abgrundtiefen Hässlichkeit im Verborgenen lebt, sagt, sein größter Wunsch sei es, einfach am Abend mit einer schönen Frau am Arm über die Boulevards zu schlendern, wie ein normaler Bürger. Für mich ist das eine der anrührendsten Passagen der Literatur, obwohl Gaston Leroux nicht zu den Großen gehört.

Kapitel 7

Jede Woche brachte die Zeitung weitere deprimierende Nachrichten über die sogenannte Neugestaltung des Scollay Square. Viele Geschäfte hatten nach gewaltigen Ausverkaufsaktionen bereits geschlossen und standen nun dunkel und leer hinter Sperrholzverkleidungen, während andere einfach bis auf die Grundmauern niedergebrannt waren. Trotzdem, Norman ließ sich nicht beirren. Und wir hatten noch immer gute Tage, wenn auch nicht mehr so wie früher. Selbst an den besten Tagen kamen weniger Kunden, und wenn es regnete, machte Norman sich nicht einmal mehr die Mühe, den Staubwedel hervorzuholen. Hin und wieder sah ich, wie Kunden den Staub von einem Buch pusteten, bevor sie es aufschlugen, doch anscheinend bemerkte er es nie. Er machte in seinem Trott weiter, aber man sah ihm an, dass er nicht mehr mit dem Herzen dabei war.

Auch ich schleppte mich dahin. Da die Geschäfte schlechter liefen, hatte ich mehr Zeit, an Traumgebilden zu arbeiten. Die waren riesig, wie Romane. Manchmal feilte ich Tage an einer einzigen Szene.

Vielleicht an einem Picknick am Revere Beach. Oder es war der Sommer 1929, kurz vor dem Börsenkrach, und niemand ahnt etwas. Was tragen die Leute? Wie sehen die Schuhe aus? Die Unterhosen? Wie lassen sie sich die Haare schneiden? Welches Auto fahren sie? Wie fühlen sich die Sitze an? Was kostet das Benzin? Haben sie ein Buch mitgebracht? Was ist auf den Sandwiches? Wie sind sie verpackt? Von welcher Marke sind die Zigaretten? Und das Sodawasser? Welcher Vogel singt da? Was ist das für ein Baum, in dem er sich versteckt? Inzwischen konnte ich das alles ziemlich leicht bewerkstelligen. Ich hatte mir bereits den Weg in weite Ferne erträumt, ins China der Tang-Dynastie, zum Machu Picchu und auf den dreiundsiebzigsten Stock des Empire State Building.

Eines Abends war ich noch spät mit meinem Traum von dem verrückten französischen Dichter beschäftigt. Ich – oder er oder Fred Astaire, egal – hatte ein Bein verloren, als er auf der Seite der Pariser Kommune kämpfte. Schmerzen und Absinth hatten ihn – mich, uns – im Laufe der Jahre um den Verstand gebracht. In der aktuellen Szene, die in einer regnerischen Nacht spielt, sehen wir ihn in einer kleinen Straße in Paris, wo er mit der Faust an die Tür eines Hauses hämmert, das der großen Schauspielerin Sarah Bernhardt gehört. Mit der anderen Hand umklammert er, gegen den Regen in Wachstuch eingeschlagen, Fragmente seines großen, irren Gedichts »Ode an die Nacht«. Ich hockte im Keller und las in der *Encyclopedia Britannica* über Sarah Bernhardt, als die Ladentür aufging. Ich erschrak, tauchte ins Ahnenloch ab, kletterte pechschwarze

Schächte hinauf und erreichte den Balkon gerade in dem Augenblick, als Norman seinen Regenmantel aufhängte. Also regnete es auch in Boston. Noch nie war er nach Ladenschluss wieder zurückgekommen, und ich folgte ihm mit besorgtem Blick, als er die Gänge abschritt und sich dabei umsah, als wäre er zum ersten Mal hier. Dann ließ er sich auf seinem gewohnten Stuhl nieder. Er saß auf dem vertrauten roten Kissen, legte beide Hände flach auf den Schreibtisch und fing an zu weinen. Dabei machte er kein Geräusch, bedeckte sein Gesicht nicht, die Tränen rannen einfach still vor sich hin, vermischten sich mit den Regentropfen auf Wangen und Kinn und fielen auf sein Hemd. Lautlos rief ich ihm zu: »Nur Mut, Mr Shine. Morgen ist auch noch ein Tag. Machen Sie keine Dummheiten.« Ich war so verstört, dass ich nur noch in Klischees denken konnte. Ja, ich überlegte mir sogar allen Ernstes, mich kopfüber aus dem Ballon zu stürzen, nur um Norman abzulenken.

Noch lieber wäre ich aus dem Rattenloch geschossen, hätte mich zu seinen Füßen niedergeworfen und wie wahnsinnig seinen Schuh geküsst. Fast hätte ich es sogar getan. Er wäre zutiefst gerührt. Er würde mich mitnehmen, wenn er umziehen würde. Ist schon interessant, dass Illusionen kein Ende nehmen. Was würde Norman wirklich davon halten, wenn eine Ratte hinter einem Safe hervorhuschte und sich an seinen Schuh hängte? In der realen Welt gibt es Unterschiede, die nicht zu überbrücken sind.

Das Leben ist kurz, aber es ist immer noch möglich, ein paar Dinge zu lernen, bevor man das Zeitliche segnet. Ich habe zum Beispiel beobachtet, wie sich Extreme verbinden. Aus großer Liebe wird großer Hass, stiller Friede verwandelt sich in lärmenden Krieg, anhaltende Langeweile erzeugt gewaltige Erregung. Genauso war es mit Norman und mir. Ich möchte fast sagen, dass der Abend im Laden, als Norman weinte und ich kurz vor einem Tränenausbruch über ihm schwebte, den Höhepunkt unserer Beziehung darstellte, den Moment, in dem wir uns am nächsten waren. Und auf große Vertrautheit folgt enorme Entfremdung. Das war an einem Samstagabend. An Sonntagen war der Laden geschlossen, weshalb ich am nächsten Tag nichts von Norman sah. Am Sonntagabend kam ich aus dem Rialto, und mir war schlecht. Ein verdorbenes Würstchen wahrscheinlich. Das war schon öfter vorgekommen, und ich machte mir keine Gedanken. Obwohl es mir am Montagmorgen besser ging, war mir noch immer ein bisschen flau. Ich beschloss daher, am nächsten Abend keinen Ausflug ins Rialto zu riskieren, auch wenn das bedeutete, dass ich vor Dienstag nichts zu essen bekäme. Norman saß wieder an seinem Schreibtisch mit Zeitung und Kaffee, und ich war im Ballon, hielt wachsam nach Anzeichen von Kummer Ausschau. Ich beobachtete ihn genau, während er ganz langsam seinen Kaffeebecher absetzte, so langsam, dass das braune Wasser kaum Wellen schlug und sein rechtes Auge und die Wange wie Lilienkissen darauf schwammen. Ich fragte mich, ob diese seltsam zögerliche Bewegung ein weiteres Anzeichen dcs Kummers war? Wegen meiner Aversion gegen Spiegel hatte ich nie die Regeln der Brechung kapiert. Daher begriff ich nicht sofort, dass er, wenn ich sein Auge sehen konnte, meins auch sah. Blind gegenüber den Konsequenzen dieser fatalen Symmetrie, beugte ich mich auch weiterhin über den Rand des Ballons, während Norman sich langsam auf seinem Stuhl nach hinten schob und die Hände hinter dem Kopf verschränkte, als wolle er sich strecken. Jetzt schaute er direkt zur Decke hoch und verband seinen dunklen, ernsten Blick lange mit meinem schwarzen, glänzenden. *Entsetzen und Erkennen.* Rasch zog ich meinen Kopf zurück und verkroch mich in die Dunkelheit zwischen den Balken, von Angst und Entzücken aufgewühlt. Er hatte mich gesehen! Was würde er jetzt tun? Ich war nicht mehr allein. Ich versuchte, mich an seine Augen zu erinnern. Was hatte ich darin gelesen? Rückblickend bildete ich mir ein, dort Liebe gesehen zu haben. Der intelligente, freundliche Norman, natürlich hatte er über das fliehende Kinn und die haarigen Wangen hinwegsehen, natürlich hatte er an den glänzenden Augen vorbei in die Seele eines Kunstgenossen und Geschäftspartners blicken können.

Den Rest des Tages hielt ich mich gut versteckt. Erst nachdem ich hörte, wie die Ladentür abgeschlossen wurde und Normans Schritte auf dem Gehweg verklangen, kroch ich auf den Balkon und sah mich um. Im April hatte ich mehrere Ladungen Papierschnipsel aus dem alten Familiennest auf den Balkon geschleppt und mir daraus ein kleines Fauteuil errichtet. Dort zu sitzen und zu beobachten, was unten im Laden vor sich ging, war angenehm gewesen. Manchmal war ich auch nach Ladenschluss noch dageblieben und hatte mich weggeträumt, während das gelbliche Abendlicht den

Laden allmählich mit einer gewissen leichten Trauer erfüllte. Mir gefielen die tiefer werdenden Schatten und die Melancholie, die mich dann überkam. Aber an dem Abend, um den es hier geht, sah ich sofort, dass Norman heimlich zu Besuch gewesen war, während ich mich, schlotternd vor Angst und Hoffnung, zwischen den Balken verkrochen hatte. Das Fauteuil war zur Seite geschoben und ziemlich zerfleddert, und daneben lag ein Häufchen fremdartiger Nahrung. Ein kleiner Stapel aus zylindrischen, grellgrünen Kügelchen. Sie rochen gut, also knabberte ich daran. Sie waren eigenartig köstlich, schmeckten wie eine Mischung aus Velveeta-Käse, heißem Asphalt und Proust. Ich rief mir den Ausdruck von Normans Augen ins Gedächtnis, als er meinem Blick begegnete, und dachte: Dann ist es also doch Liebe. Und so begann einer der glücklichsten Momente meines Lebens, der allerdings nur kurz währte. Jetzt war ich sicher, dass ich nicht allein war. Ich *gehörte* zu jemandem. Ich knabberte noch ein bisschen. In den vielen Monaten meiner Beschaffungstätigkeit hatte das Rialto nie mit solchem Essen aufgewartet. Es war weich wie Gummibärchen, knusprig wie Popcorn und hatte, wie schon gesagt, einen zugleich köstlichen wie eigenartigen Geschmack. Ich versuchte mir einen Namen vorzustellen und blieb schließlich bei Normans hängen, wie in »Eine Schachtel Normans, bitte«. Ich war traurig, dass mein Magen noch immer empfindlich war, nachdem ich ihn mir verdorben hatte, und dass ich nicht mehr als ein paar der appetitlichen Häppchen zu mir nehmen konnte.

Danach schlief ich gleich dort auf dem Balkon ein. Im

Traum tanzte ich mit Norman. Ich trug ein Seidenkleid von Ginger Rogers, und er hatte sich die gelbe Rose, die ich ihm geschenkt hatte, ans Revers gesteckt. Beim Tanz fütterte er mich mit Normans, eines nach dem anderen schob er mir mit den Fingern in den Mund, bei jedem Taktschlag eins. Das war zuerst angenehm, aber dann, nachdem er nicht aufhören wollte, auch als ich schon würgte, sondern immer weiter stopfte, wurde es zum Albtraum. Hustend und von Schmerzen gebeutelt, wachte ich auf. Ich wollte mich übergeben, doch es gelang mir nicht.

Am nächsten Morgen ging es mir noch schlechter. Mir war schwindelig, und wenn ich hustete, tat es weh. In meinen Ohren dröhnte es wie rauschendes Wasser. Ich schlich zurück und aß noch etwas von dem neuen Futter. Da ging es mir etwas besser. Am Abend verschlechterte sich mein Zustand wieder, und ich war so schwach, dass mir selbst ein paar langsame Schritte vorkamen, als würde ich einen Berg erklimmen. Seit zwei Tagen hatte ich nichts getrunken, und jetzt konnte ich nur noch an Wasser denken. Als ich aus dem Ballon hinunterschaute, sah ich, dass Norman seinen Becher nicht abgespült hatte. Zentimeterhoch stand die braune Flüssigkeit noch darin. Ich beschloss, sie mir zu holen, und begab mich, halb kletternd, halb fallend, durch den mittleren Schacht hinunter zum Rattenloch. Als ich auf dem Boden ankam, stellte ich fest, dass das Loch teilweise mit einer kleinen Pappschachtel verstellt war. Nur mit gewaltiger Kraftanstrengung gelang es mir, sie von der Öffnung wegzuschieben. Sie war schwer, weil sie fast bis an den

Rand mit Normans gefüllt war. Ich kletterte darüber hinweg, um aus dem Loch zu kommen, als mein Blick auf das Etikett fiel. Darauf hieß es »Ratten-Ex«. Und als unterschwellige Botschaft »Von wegen Normans«. Da stand nicht »köstliche, gesunde Zwischenmahlzeit«. Da stand »tötet bei der ersten Futteraufnahme«. Ich fragte mich, ob die sechs Kugeln, die ich geschluckt hatte, schon als Futteraufnahme galten. Des Weiteren las ich: »Zur Bekämpfung von Mäusen, Wanderratten und Hausratten in Häusern, Farmen und Geschäften«. Ich war mir nicht sicher, ob ich eine Wanderratte oder eine Hausratte war, obwohl es offenbar auf dasselbe hinauslief. »Außer Reichweite von Kindern und Haustieren aufbewahren.« Grausame Worte für einen, der sich kurz eingebildet hatte, vielleicht beides zu sein. Ich starb wie Peewee, nur langsamer, und nicht infolge eines Unfalls, sondern eines Mordes. Ich schaffte es bis zum Kaffee und trank ihn aus. Dann brauchte ich über eine Stunde, um wieder ins Nest hinaufzukommen. Selbst als ich mich hinlegte, bekam ich kaum Luft. Ich hustete weiter, und wenn ich nicht hustete, gab meine Lunge einen Pfeifton von sich, als würde jemand aus einem tiefen Loch heraufschreien. Wenn ich am Gaumen lutschte, schmeckte ich Blut. Ich stellte mir vor, ich läge im Sterben. Fred Astaire, der große Tänzer, starb. John Keats, der große Dichter, starb. Apollinaire, im Delirium, starb. Proust, schöne Augen im eingefallenen Gesicht, starb. Joyce starb in Zürich. Stevenson starb auf Samoa. Marlowe starb, ermordet. Es tat mir leid, dass niemand da war, der es mit ansah. Die hübschen Schmetterlinge waren im Begriff, ihre Flügel zu falten, und ich würde sterben wie jede andere Ratte auch.

Ich schlief lange. Und als ich aufwachte, war ich nicht im Himmel, es sei denn, der Himmel ist ein staubiger Ort zwischen zwei Holzbalken. Ich war noch immer sehr schwach, konnte aber kein Blut mehr aus dem Gaumen saugen. Ich hatte schrecklichen Durst und war hungrig wie ein Wolf. Im Licht von unten, das über den Rand des Ballons drang, tanzten Motten. Ich beobachtete sie und war von der Schönheit des Ganzen beinahe zu Tränen gerührt. Vorsichtig kroch ich ein paar Schritte, und das Gefühl der rauen Latten unter meinen Füßen war unerwartet angenehm. Ich krabbelte an den Rand des Ballons und schaute hinunter. Er saß am Schreibtisch und las Zeitung, als wäre nichts gewesen. Ich schaute auf seine Glatze und konnte mir jetzt ohne Weiteres vorstellen, welche finsteren Höcker er heimtückisch unter dem affigen, gelockten Haarkranz verbarg. Es wäre mir ein Leichtes gewesen, die Halterung zu lösen und die Lampe auf seinen ungeschützten Schädel donnern zu lassen. Doch so merkwürdig es auch klingen mag, der Gedanke fand in meinem Kopf keinen Widerhall. Mein Leben lang hat mich ein enormer Fatalismus vor Verbitterung und Hass geschützt. Ganz davon abgesehen, wäre es Rache an einem Phantom gewesen, da nun klar war, dass es den Norman, den ich gekannt und geliebt hatte, überhaupt nicht gab, dass ich ihn mir in Wirklichkeit nur eingebildet hatte, das Ergebnis eines Riesenmissverständnisses, für das allein ich verantwortlich war. Er war letzten Endes nur ein weiteres Wesen in meinen

Träumen, das nicht mehr Substanz hatte als der irre Dichter, der in der Woche zuvor an Sarah Bernhardts Tür gehämmert hatte. Mir brach das Herz. *Rattengift oder eine verratene Liebe*. Alles, was ich für niet- und nagelfest gehalten hatte, war aus den Fugen geraten, und trotzdem fühlte ich mich zugleich wie neu geboren. Ich war bereit, wie man so sagt, eine neue Seite aufzuschlagen. Da Pembroke Books schon bald in Vergessenheit geraten würde und der Besitzer ein Mörder war, der das Kainsmal an den Schläfen trug, war es Zeit, Pläne zu schmieden.

Kapitel 8

Auf der Welt gibt es zwei Arten von Tieren, die einen sind sprachbegabt, die anderen nicht. Sprachbegabte Tiere wiederum lassen sich in zwei Kategorien einteilen, die Sprecher und die Zuhörer. Letztere sind meistens Hunde. Da Hunde jedoch ausgesprochen dumm sind, tragen sie ihre Sprachlosigkeit mit einer gewissen servilen Freude, die sie durch Schwanzwedeln zum Ausdruck bringen. Das traf auf mich nicht zu – ich konnte den Gedanken nicht ertragen, den ganzen Tag schweigend zu verbringen.

Vor langer Zeit, als meine Liebesaffäre mit den Menschen gerade anfing, war ich beim Lesen auf verschiedene geniale Erfindungen gestoßen, dazu gedacht, die natürliche Neigung dieser Spezies zu Funktionsstörungen und Zerfall abzumildern: Gliederprothesen, Gebisse, Bruchbänder, Hörgeräte und Brillen. Daher hatte ich schon früh darüber nachgegrübelt, wie ich meine natürliche Unzulänglichkeit mit Hilfe eines mechanischen Apparats beheben könnte. Als ich zum ersten Mal auf das Wort Schreibmaschine stieß, wurde es nicht weiter erläutert, weil es etwas Naheliegendes und

Vertrautes war, und ich konnte dem nur entnehmen, dass es ein Ding mit Tasten war, über die manchmal flinke Frauenfinger flogen. Zuerst dachte ich, es müsse eine Art Musikinstrument sein, und war verwirrt, dass es mit dem Verb klappern in Verbindung gebracht wurde. Als ich schließlich herausfand, dass es eine Maschine war, mit der Wörter zu Papier gebracht wurden, war ich furchtbar aufgeregt. Obwohl nirgends eine Schreibmaschine stand, auf die ich meine Pfoten legen konnte, löste allein die Vorstellung eine wahre Bilderflut aus. Ich sah mich schon kluge, getippte Notizen im Laden verteilen, damit Norman sie fände und sich verstört nach der Herkunft fragen würde. In meinen Träumen entdeckte er sie, kratzte sich am Kopf und hinterließ kleine Botschaften als Antwort.

Nun ja, wir wissen bereits, wie Norman mich enttäuscht hat. Desgleichen die Schreibmaschine. Ich grub detaillierte Anleitungen und beschriftete Zeichnungen aus, und in den Filmen sah ich sie sogar im Einsatz. Das Urteil war unwiderruflich: zu groß, zu schwer. Wenn man klein ist, dann reicht es nicht, ein Genie zu sein. Selbst wenn ich die Tasten herunterdrücken könnte, vielleicht, wenn ich aus großer Höhe auf sie hinunter spränge, wäre ich nie imstande, Papier einzuspannen – Ratten haben es nicht so mit runden Griffen – oder den langen Silberhebel zu bedienen, der den Schlitten wieder zurück an den Anfang schickt. Aus den Filmen wusste ich, dass eine Schreibmaschine tatsächlich so etwas wie Musik macht, aber ich würde nie in den Genuss kommen, das helle Pling des Vollbrachten am Ende einer Zeile zu hören oder das lange, beifällige Kratzen des Schlittens beim Zurückknallen. Wie die Dinge nun einmal liegen, höre ich nichts, wenn ich eine Zeile fertig habe, nur das Schweigen der Gedanken, die endlos ins Loch der Erinnerung fallen.

Doch wie schon gesagt, ich kann sehr hartnäckig sein, wenn ich mir etwas in den Kopf gesetzt habe, und ich ließ die Idee, mich mit Menschen zu unterhalten, nicht fallen. Nur zwei Wochen nachdem ich das Schreibmaschinenprojekt aufgegeben hatte, entdeckte ich unter SPRACHEN eine dünne gelbe Broschüre mit dem Titel *Sag es ohne Worte: Ein Nachschlagewerk für Zeichensprache*. Darin fand ich Abbildungen zahlreicher Zeichen, die von Taubstummen verwendet werden, um sich zu verständigen. Als ich über dieses Buch stolperte, war ich mir zunächst sicher, dass ich endlich gefunden hatte, wonach ich suchte. Geläufige Wörter waren alphabetisch geordnet wie in einem Wörterbuch, und neben jedem Eintrag befand sich als »Definition« das Foto einer hübschen Frau in rotem Pullover, die das entsprechende Zeichen machte. An ihr lag es, glaube ich, dass ich die Idee der Zeichensprache mit meinen Hübschen assoziierte. Neben dem Wort Freund zum Beispiel hielt die wohlgeformte Pulloverschöne ihren linken und rechten Zeigefinger zusammen. Befreundete Finger nah beieinander. Ich konnte wieder hoffen. Eine törichte Hoffnung, wie sich herausstellte, denn ich entdeckte bald, dass der Erfinder dieser stummen Sprache, wer es auch war, sie für Geschöpfe erdacht hatte, die mit Fingern ausgestattet sind. Mit meinen Füßen und Pfoten erwies es sich als unmöglich, auch nur die rudimentärsten Sätze hervorzubringen. Bestenfalls gelang mir eine Art digitalen Stammelns. Ich stand vor dem Spiegel, widerwillig zwar, und balancierte auf dem Rand des Waschbeckens, mühte mich ab, »Was lesen Sie gern?« in Zeichensprache zu fragen. Ich versuchte, meinen Körper als Handfläche aufrecht zu stellen und die Beine als Finger zu benutzen, veränderte dann mitten im Satz die Regel und nahm die Vorderbeine als Arme und die Hinterbeine als Daumen. Ich trommelte auf meine Brust, schlug die Beine übereinander, rollte mich zu einer Kugel zusammen und warf mich auf diese Weise hektisch hin und her wie ein Mann, dessen Kleidung brennt. Es war zwecklos, und ich gab auf.

Verzweifelte Situationen bringen jedoch verzweifelte Hoffnungen hervor, und nachdem ich von Shine beinahe vergiftet worden war, kam ich wieder auf die Idee der Zeichensprache zurück. Damals hatte ich mir vorgestellt, ich bräuchte vielleicht nicht mehr als einen rudimentären Satz, nur etwas, um Menschen wissen zu lassen, dass ich gescheit und freundlich bin. Meine ersten Versuche waren lange her, und obwohl nur wenige Dinge den Laden ohne mein Wissen verließen, war ich in Sorge, dass jemand eines Tages mit der Broschüre hinausgeschlüpft war, als ich mich gerade im Rialto befand oder in der Ladendecke ein Rattennickerchen hielt. Ein Taubstummer natürlich, und von daher sehr still. Sobald Shine am Abend die Tür abgeschlossen und einmal kurz gehustet hatte (eine Angewohnheit von ihm, eine Art Begrüßung des Abends) und nachdem seine Schritte auf der Straße verklungen waren, polterte ich ins Parterre und flitzte durch den Laden in die Ecke, in der das Buch zu stehen pflegte. Und wo es noch immer stand: eine gelbe Scheibe, eingeklemmt wie Käse zwischen dem dunklen Pumpernickel eines *Serbokroatischen Wörterbuchs* und dem etwas helleren Roggenbrot von Langstons *Grundlagen der deutschen Geschäftssprache*. Als es mir nach viel Mühe gelang, es aus dem Regal herauszuzerren, fiel mir auf, dass der Preis, der mit Bleistift auf dem Innendeckel eingetragen war, von fünfundzwanzig Cent auf fünf Cent geschrumpft war.

Langsam blätterte ich die Seiten um und befragte die Hübsche. Ich suchte nach dem einfachsten und verständlichsten Satz, den mir meine physiologischen Unzulänglichkeiten erlaubten, und in null Komma nichts hatte ich gelernt, »Auf Wiedersehen Reißverschluss« zu sagen. Shakespeare war es nicht gerade, aber es war das Beste, was ich zustande brachte. Dabei stellte ich mich auf die Hinterbeine und winkte mit einer Vorderpfote – Auf Wiedersehen –, gefolgt von einer Verschlussbewegung über meine Brust mit derselben Pfote. Ich übte vor dem Spiegel, winken-ziehen, winken-ziehen, bis es wie geschmiert lief – was mich vor ein neues Problem stellte: Zu wem sollte ich das sagen? Zu wem wohl: zu einem Taubstummen. Was mir zumindest ein neues Lebensziel gab: Finde einen Taubstummen. Taubstumme aber wachsen nicht auf Bäumen. Ich hielt die Augen offen in der Hoffnung, dass einer zufällig einmal in den Laden käme, dann würde ich hinauseilen und mich ihm vorstellen. Ich glaube nicht, dass jemals einer kam, obwohl eines Tages ein alter Mann lange

Zeit herumstöberte, sich schließlich ein Buch aussuchte und bezahlte, ohne ein Wort zu sagen. Er könnte also taubstumm gewesen sein. Doch da Shine in der Nähe war, wollte ich kein Risiko eingehen. Der Mann war alt und gebrechlich, und wäre ich hinausgeeilt und hätte mich ihm zu Füßen geworfen, wäre er vielleicht nicht imstande gewesen, mich zu beschützen.

Physisch war ich nie über den Scollay Square hinausgekommen, aber aus Büchern und Karten wusste ich viel über Boston und konnte die Stadt unter mir ausgebreitet liegen sehen, Arlington bis Columbus Point, wie aus einem Flugzeug. Jetzt bestand meine Aufgabe, wie die eines echten Axiers, darin, Kontakt mit der dominanten Spezies aufzunehmen. Das hatte ich natürlich schon mit Shine probiert und war dem Schicksal eines Axiers nur mit knapper Not entronnen. Doch ausgiebige Lektüre hatte alle Zweifel in mir ausgeräumt, die dominante Spezies wartete zusätzlich zu jeder Menge Sadisten, Unholden, Psychopathen und Giftmördern auch mit Beispielen für Freundlichkeit und Erbarmen auf und die meisten der Letztgenannten waren Frauen. Ich hätte in den Straßen um den Square auf Kontaktsuche gehen können, doch die Gesichter dort hatten etwas, das mir davon abriet. Ich habe bereits eingestanden, dass ich damals noch sehr bourgeois war, und demzufolge wünschte ich mir als ersten Gesprächspartner, sozusagen als mein jungfräuliches Gegenüber in menschlicher Unterhaltung, jemanden, den ich für etwas Besseres hielt. Da die wahrscheinlichsten Orte für diese Art höheren weiblichen Wesens – die Universitäten von Wellesley und Radcliffe und das Saint-Claire-Nonnenkloster in Jamaica Plain – außer Reichweite waren, kam ich auf den Stadtpark, der nur ein paar Häuserblocks westlich vom Square lag. Womit Sie wieder einmal sehen, dass ich trotz meines Hangs zu Zickigkeit mit allen vieren fest auf dem Boden stehe und ziemlich praktisch sein kann, wenn es nötig ist.

Für diesen Ausflug brauchte ich eine regnerische Nacht, wenn die Leute viel zu beschäftigt sind, die Zeitungen an sich zu drücken und den Schirm über dem Kopf zu halten, während sie zwischen Autos und Hauseingängen hin und her sprinten, um ein kleines, geducktes Tier zu bemerken, das unter den geparkten Fahrzeugen kriechend seinen Weg nach Westen sucht. Ich musste nicht lange warten. Am folgenden Samstag verließ Shine den Laden um fünf Uhr unter der tropfenden Kuppel eines schwarzen Schirms. Und kurz nach Mitternacht, als ich zum Stadtpark aufbrach, prasselte der Regen herab, obwohl der Asphalt unter den Autos noch trocken und warm war. Nur die Zwischenräume stellten ein Problem dar, offenes Gelände, das im Rattengalopp zu überqueren war. An den Stellen ließ ich mir Zeit – ich hatte den armen Peewee nicht vergessen –, und es war fast Morgen, als ich schließlich den Common überquerte und mit einem letzten Sprung in den Stadtpark setzte.

Das Gras dort war weich und roch gut und frisch. Es war mein erstes Gras, und ich aß etwas davon. Der Regen hatte aufgehört, und der Himmel im Osten wurde hell. Nachdem ich unter geparkten Autos hergekrochen war, von Wagen zu Wagen über die ganze

Tremont Street, waren meine Beine und meine unteren Körperpartien schwarz und mit Sand und Öl verfilzt. Ich säuberte mich, so gut es ging, kroch dann unter ein paar Büsche und schlief ein. Als ich wach wurde, schien die Sonne, und ich sah die Bäume. Noch nie hatte ich echte Bäume gesehen. Der Busch, unter dem ich mich versteckte, stand neben einem Betonpfad, der quer durch den Stadtpark führte. Ich schaute hinaus und sah Menschen in hübscher Kleidung spazieren gehen. Kirchenglocken läuteten. Ich hatte ein eigenartig losgelöstes Gefühl, als würde ich mich von oben sehen. Eine Ratte, die tot sein sollte, war nicht tot. Schwach und dreckig, aber alles andere als tot, saß sie lebendig unter einem Busch und hatte einen Plan.

Ich sah die Menschen vorbeigehen und achtete darauf, was sie mit den Händen machten. Sprachen ihre Hände? Den ganzen Morgen beobachtete ich Hände, die an den Seiten baumelten, sich in Taschen verbargen, vom Wind zerzaustes Haar glatt strichen, zur Begrüßung winkten, auf Eichhörnchen zeigten, sich zu Fäusten ballten, Erdnüsse ausstreuten, in der Nase bohrten, sich am Schritt kratzten und andere Hände hielten. Die Hände waren mit all diesen Angelegenheiten beschäftigt, ohne einen Ton zu sagen. Ich aß Gras. Zweimal schoss ich hervor und stibitzte Erdnüsse, die für die Eichhörnchen bestimmt waren. Es reichte nicht. Seit über vierundzwanzig Stunden hatte ich nichts Richtiges gegessen. Ich fühlte mich schwach, und die Schwäche flößte mir Angst ein.

Es war fast dunkel, als ich sie entdeckte, zwei Frauen mit einem kleinen Mädchen zwischen sich, die von der Arlington Street her kamen. Sie trugen hübsche Kleider und blank geputzte Schuhe. Über dem Kopf des Mädchens unterhielten sich die Hände der Frauen miteinander. Es tat mir leid, dass ich mich nicht länger mit dem Buch über Zeichensprache beschäftigt hatte, damit ich verstehen konnte, was die Hände sagten. Mein Herz schlug wild. Ich machte mir Sorgen wegen meiner Schwäche, befürchtete, vor Angst und Aufregung ohnmächtig zu werden. Sie kamen näher, und als sie auf meiner Höhe waren, huschte ich hinaus auf die Mitte des Weges, und meine Pfoten sagten »Auf Wiedersehen Reißverschluss«. Ich versuchte, laut zu rufen, und vollführte dementsprechend heftige Gesten. Auf Wiedersehen Reißverschluss. Auf Wiedersehen Reißverschluss. Absurderweise versuchte ich die Wirkung zu verstärken, indem ich so laut wie möglich fiepte. Ich konnte ihnen ansehen, dass ich Erfolg hatte. Die Frauen und das Mädchen waren stehen geblieben und starrten mich mit offenem Mund an. Auf Wiedersehen Reißverschluss. Ich musste mich auf die Hinterbeine stellen, um das zu sagen, und vor lauter Begeisterung verlor ich das Gleichgewicht und fiel hintenüber. Eine der Frauen gab einen heiseren Grunzlaut von sich, huh, huh, huh, sie hätte auch lachen können, und dann schrie das kleine Mädchen auf. Danach ist mir die genaue Abfolge der Ereignisse nicht mehr ganz klar. Ein paar Leute riefen: »Ratte! Ratte!« Eine Männerstimme sagte: »Natürlich ist das kein Eichhörnchen«, und eine andere Stimme ließ sich vernehmen: »Sie hat einen Anfall«, eine dritte sagte: »Tollwut«, und dann redeten alle durcheinander.

Ein Mann hob seinen Spazierstock und versuchte mir in den Bauch zu piken. Ich sprang wieder auf und rannte los, und der Mann wollte mich mit dem Stock schlagen. Ich hörte, wie der Stock aufs Pflaster krachte, dann fuhr er wieder hoch, zischte und landete auf meinem Rücken, als ich es gerade bis an den Rand des Rasens geschafft hatte, und jemand rief: »Tun Sie ihr nicht weh!« Ich erreichte die Büsche und rannte darunter. Ich spürte keinen Schmerz, aber ich wusste, dass ich etwas Schweres hinter mir herzog. Als ich den Kopf wandte, sah ich, dass mein linkes Bein nach hinten verdreht war. Es bewegte sich nicht, während ich lief, und ich schleppte es wie einen Sack hinter mir her.

Der Schmerz setzte in der Nacht ein, und gegen Morgen kam ich kaum noch voran, da ich nur die Vorderbeine benutzen konnte, so stark war der Schmerz. Ich aß Gras. Aus meinem Versteck beobachtete ich einen Mann, der Eichhörnchen fütterte. Er saß auf einer Bank in meiner Nähe mit einer Papiertüte auf dem Schoß, die Eichhörnchen kletterten hinauf und nahmen ihm die Erdnüsse aus den Fingern. *Gier und Entartung unter wildlebenden Tieren Amerikas.* Kurz darauf wurde ihm anscheinend langweilig. Er drehte die Tüte um, und alle Erdnüsse purzelten über die Bank und auf den Boden. Der Mann ging fort, die Eichhörnchen huschten herum und sammelten Erdnüsse auf, und als sie dachten, es wären keine mehr da, verschwanden auch sie. Aber sie hatten eine Erdnuss übersehen, die im Gras am Fuß der Bank lag, nicht weit von meinem Versteck entfernt. Noch jemand kam und setzte sich auf die Bank, jemand in Blau. Ich kümmerte mich nicht darum. Ich wollte die Erdnuss, alles andere war mir egal, und ich kroch hinaus und holte sie mir. Nie habe ich vergessen, wie gut sie schmeckte.

Kapitel 9

DAS NÄCHSTE, WORAN ICH MICH erinnere, sind eine schwungvolle Bewegung und ein starker Menschengeruch. Als ich wieder zu mir kam, fand ich mich wie ein Indianerbaby eingewickelt in menschlichen Geruch und erstickende Schichten Wollkleidung. Es war dunkel dort drinnen, es schwankte, und ich hatte Schmerzen. Mit den Vorderpfoten klammerte ich mich an Falten aus rauem Stoff und schaffte es schließlich, meinen Kopf an die frische Luft zu bekommen. Keuchend atmete ich ein und blickte dabei in einen blauen, von Drähten schraffierten Himmel, umrahmt von Dachkanten. Ich zog eine weitere Falte zurück, drückte sie nach unten und sah auf einer Seite die Autos, an denen wir vorbeifuhren, auf der anderen welche, die an uns vorbeifuhren. Ich drehte den Kopf nach hinten, schaute in den Himmel direkt über mir und dann, etwas dahinter, in ein menschliches Auge, das auch himmelblau war. Es war direkt auf mich gerichtet, während sein Gegenstück auf den Verkehr achtete.

Jerry Magoon atmete schwer, weil es ihn Mühe kostete, in die Pedale zu treten, und jedes Mal, wenn er ausatmete, hob sich sein Schnurrbart. Das Fahrrad schwankte von einer Seite zur anderen, während er strampelte, und der Drahtkorb war wie eine Wiege. Ich legte den Kopf auf die duftende Wolle, die, wie ich später erfuhr, Jerrys Pullover war, Jerrys Geruch, und schloss die Augen. Der dicke Stoff des Pullovers dämpfte die Stöße der Straße, linderte aber nicht die Schmerzen in meinem Bein. Das Vorderrad unter dem Korb quietschte. Gern hätte ich Auf Wiedersehen Reißverschluss zu Jerry gesagt, hatte aber nicht die Kraft, und im Übrigen bezweifelte ich, dass er mich verstehen würde.

Und so kam ich zum zweiten Mal in die Cornhill. Zuerst war ich in den schwankenden Wassern in Mams Bauch dorthin geritten, und jetzt in den Falten von Jerrys Pullover. Ich lag in einem Korb, wie Moses.

Als wir vor Pembroke Books ankamen, hob Jerry das Fahrrad so sanft wie möglich über den Bordstein und lehnte es ans Schaufenster. Shine warf uns durch die Scheibe einen finsteren Blick zu – sein breites Gesicht sah aus wie das einer Eule, die durch das Fenster auf uns herabstieß. Als ich aus meinem wollenen Versteck hinaufspähte, war ich ihm näher denn je zuvor, sogar noch näher als an dem schicksalhaften Tag, an dem sich unsere Blicke zum ersten Mal trafen, meiner voller Liebe und seiner voller ... was? Rückblickend vermute ich, es war Verachtung.

Jerry ignorierte ihn einfach, wie üblich.

Er bettete mich in seinen Armen auf Wolle, und wir gingen zu dem Eingang unter dem Schild ZIMMER. Mit dem Ellbogen stieß er die Tür auf, deren Glas mit

DR. LIEBERMAN, SCHMERZLOSE ZAHNBEHANDLUNG beschriftet war. Mit einem Seufzer fiel sie hinter uns ins Schloss. Drinnen war es dunkler, und es roch nasskalt. Schwerfällig und langsam, den rechten Fuß auf eine Stufe stellend, dann den linken nachziehend, wie ein Kind, trug er mich drei dunkle Treppen hinauf. Sein Schnurrbart hob und senkte sich mit seinem Atem, und auf den Treppenabsätzen ruhten wir ein wenig aus. Auf jedem Stockwerk waren mehrere Türen. Alle waren braun gestrichen, bis auf die von Dr. Lieberman, die war grün, und alle hatten ein Oberlicht aus Milchglas.

Jerrys Zimmer lag im obersten Stock und ging nach hinten raus. Er schob den Pullover links auf den angewinkelten Ellbogen und durchwühlte seine Tasche, dabei kramte er eine Handvoll Zeug hervor – ein Streichholzheftchen, Münzen, ein Stück weiße Kordel, ein paar Erdnüsse, eine Messingschraube. Das meiste fiel auf den Boden, als es ihm gelang, den Schlüssel herauszuziehen. Jerrys Finger waren kurz und dick. Er entriegelte die Tür, schob sie mit dem Fuß auf, und wir gingen hinein. Vorsichtig legte er mich auf das Bett, zog den Arm sacht unter der Wolle hervor, um mir nicht wehzutun, und faltete den Pullover wie ein Nest rund um mich. Dann drückte er ihn auf einer Seite herunter, damit ich über den Rand schauen konnte, ohne den Kopf heben zu müssen.

Das Zimmer war nicht sehr groß, und auf den ersten Blick diente es anscheinend als Lager. Bis auf die Möbel – ein eisernes Bettgestell, ein Ledersessel, aufgeplatzt und mit hervorquellender Polsterung, eine Kommode mit

Kippspiegel, auf den jemand, vielleicht mit Lippenstift, ein schielendes Gesicht mit Schnurrbart gemalt hatte, das die Zunge herausstreckte, Bücherregale aus unlackierten Brettern auf Betonklötzen, ein Tisch mit weißer Emailleoberfläche, die an den Rändern schwarz angeschlagen war – gab es Kästen, Pappkartons und Lattenkisten, fast bis an die Decke übereinandergestapelt. Oben auf dem höchsten Stapel schwankte unsicher ein roter Kinderbollerwagen, so einer, der mit einem langen Metallgriff gezogen wird. Die Seiten dieses Wagens waren durch Holzplanken verbreitert worden, auf die jemand mit Hand in großen roten und gelben Buchstaben E.J. Magoon geschrieben hatte, wie auf einem Zirkuswagen. Kurz darauf holte Jerry sein Fahrrad herauf und quetschte es zwischen all die anderen Sachen. Nie habe ich einen Menschen gesehen, der so sehr nach Rattenart lebt.

Er öffnete eine Tür neben den Bücherregalen und kramte in einem Wandschrank herum, grub regelrecht mit den Armen, grunzte und warf Sachen hinter sich auf den Boden – Kleidung, Stiefel, einen teilweise kaputten Plattenspieler, einen Toaster, jede Menge *Life*-Ausgaben und noch mehr Schachteln. Er erinnerte mich an einen Hund, der im Dreck wühlt. Auf der anderen Seite der Bücherregale, vom Schrank aus gesehen, befand sich so etwas wie eine Nische mit einem Waschbecken und einer Theke. Ein blaues Tuch hing von der Theke bis auf den Boden und verdeckte, wie ich später erfuhr, einen Abfalleimer aus Metall. Oben auf der Theke stand ein Coleman-Benzinkocher mitten in einem Durcheinander aus Töpfen und Tellern. Das Tageslicht drang mühsam durch die verschmierten Scheiben eines großen Fensters, das ein Rollo, aber keine Vorhänge hatte. Darunter befand sich ein Heizkörper, den jemand ohne großen Erfolg rot hatte anstreichen wollen.

Jerry fand, wonach er im Schrank gesucht hatte: einen grauen Florsheim-Schuhkarton, den er auf dem Bett ausleerte, wobei er den Inhalt auf einen Stapel direkt neben mir kippte – Briefe, Umschläge, eine Handvoll blauweißer Spielkarten, auf deren Rückseite BICYCLE stand, sowie jede Menge Fotos. Auf einem – es stand auf dem Kopf – sah ich einen viel jüngeren Jerry mit kurzen, schwarzen Haaren und einer langen Oberlippe, ähnlich wie Henry Miller. Er saß an einem mit Papieren übersäten Tisch. Beim Schreiben unterbrochen, den Stift noch auf dem Papier, schaute er hoch und lächelte steif. Er hatte weiße Zähne. Auch der alte Graue lächelte und redete leise auf mich ein, sagte, ich solle mir keine Sorgen machen oder Angst haben, und sein Schnurrbart bewegte sich, während die Worte darunter hervorkrochen. Seine Zähne waren jetzt lang und gelb, und sein Atem roch nach Zigaretten und Fleisch.

Er legte ein gefaltetes Handtuch – ROOSEVELT HOTEL stand darauf – unten in den Karton und hob mich sanft hinein. Den Karton stellte er auf den Boden. Das Handtuch hatte blaue Streifen. Es roch nicht nach Jerry. Mit sanfter Stimme redete er immer weiter auf mich ein – tief und kehlig –, während er im Kühlschrank herumwühlte, ohne den Kopf zu wenden.

»Was isst du so, Chef?«, schnarrte er. »Milch? ... Milch ist gut.« Er zog ein Glas mit rotem Deckel hervor. »Hast du mal Erdnussbutter probiert?« Er kniete sich neben meinen Karton und beugte sich mit seinem riesigen Kopf über mich.

Erdnussbutter hatte ich noch nie probiert. Oder Milch, bis auf das komische Zeug, das ich von Mam ergattern konnte. Die Milch reichte er mir in einem Schraubdeckel und einen Klacks Erdnussbutter auf einem Stück Wachspapier. Erdnussbutter war das Beste, was ich je gekostet hatte. Sie hieß Skippy. Und auch die Milch war gut, so kühl und frisch. Er sah mir beim Essen zu. Er beobachtete, wie ich die Milch aufschleckte, und lächelte. Er sagte: »Lecker, lecker, trink alles.«

Dann fuhrwerkte er in der Nische herum. In einem Topf Wasser kochte er Reis, und als dieser gar war, schüttete er ihn ab, kippte dabei den Topf über das Waschbecken und hielt den Deckel mit einer Hand fest, um die er ein Handtuch gewickelt hatte. Von dem Dampf, der aus dem Waschbecken stieg, beschlug die Fensterscheibe. Jerry schaute mich an und sagte »Kawumm«. Er lachte, und es hörte sich an, als rasselten Kiesel in seiner Lunge. Er goss Sojasoße über den Reis und rührte um. Dann schob er Stapel aus Büchern, Papier und schmutzigem Geschirr beiseite, um auf dem Tisch Platz für seinen Teller zu schaffen. Er aß den Reis mit einem Löffel, den er wie ein Kind in der Faust hielt, und kaute ganz langsam. Ich hoffte, er würde noch ein bisschen mit mir reden, doch das tat er an dem Abend nicht mehr.

Nachdem er das gesamte Geschirr ins Waschbecken gestellt hatte – *kawumm* –, nahm er seine Jacke, ging aus der Tür und war lange fort, und als er zurückkam, war es so spät, dass die Stadt fast ruhig war, bis auf die eine oder andere Sirene oder Autohupe und das laute Pochen in meinem Bein, und er ging zu Bett, ohne das Licht noch einmal anzuknipsen. Er roch wie Mam. Ich hörte seinen Atem beim Schlafen, langsam und schwer, und er lachte im Traum, und am Morgen sah ich, dass er noch in seinen Kleidern steckte.

Und so begann mein Leben mit Jerry Magoon, dem zweiten Menschen, den ich je liebte. Ein paar Tage lang konnte ich nicht herumlaufen, und die Schmerzen hielten mich wach. Ich lag ruhig in meinem Karton und gab den Dingen Namen. Den Tisch, der immer vollgepackt war, nannte ich das Kamel. Meinen Karton nannte ich das Hotel. Das Fenster wurde La Fontaine Lumineuse, und den Ledersessel nannte ich Stanley. Ich verteilte Namen und beobachtete Jerry. Mit den Augen verfolgte ich alles, was er tagsüber machte, und nachts lauschte ich seinem Atem.

Er hatte mein Handtuch so gefaltet, dass die Buchstaben VELT oben lagen, und wenn ich ein Auge schloss und mit dem anderen, dicht an das Handtuch gedrückt, über die welligen Hügel der krausen Oberfläche schaute, erblickte ich vor mir eine weite Savanne, vom riesigen T im Vordergrund, einem großen, blattlosen Affenbrotbaum gleich, bis hin zum kleinen V, das in der Ferne für »verschwindend« stand. Sobald Jerry in den ersten Tagen das Zimmer verließ, lag ich still da und beobachtete die Gazellen, die immer wieder über das E sprangen, und die Giraffen, die ihre knubbeligen Köpfe am L rieben. Damit konnte ich mich stundenlang beschäftigen. Und wenn ich schließlich Jerrys Schlüssel im Schloss klappern hörte und den Kopf vom Handtuch hob, flogen die armen aufgescheuchten Tiere wie Vögel davon, und ihre gedämpften Schreie verhallten über der Grasebene. Es war so traurig und schön. Ich dachte, dass ich letztlich lieber eine Gazelle wäre, die im hohen Sprung über das E setzte, als ein Mensch, und dass ich lieber lange Beine hätte als ein Kinn.

Mein Bein heilte ziemlich schnell, und nach einer Woche konnte ich es wieder belasten. Ein paar Tage später tat es kaum noch weh, obwohl es krumm blieb, und seither humple ich. Humpeln ist ein nettes Wort. Es tut genau das, was es sagt. Ich war noch nie ein sportlicher Typ, und es machte mir eigentlich nichts aus, ein Krüppel zu sein. Wenn überhaupt, dann fand ich, dass es mir ein distinguiertes Aussehen verlieh. Gern hätte ich einen kleinen Stock und eine Sonnenbrille hinzugefügt. Ausdrücken wie *panache* und *debonair* habe ich mich immer nah gefühlt. Wenn es möglich gewesen wäre, hätte ich mir auch noch einen kleinen schwarzen Spitzbart wachsen lassen.

Jerry nannte mich eine Zeit lang Chef, was mir nicht so gut gefiel, dann versuchte er es mit Gustav und Ben, und schließlich blieb er bei Ernie hängen. *Bunbury, oder es ist wichtig, ernst zu sein.* Ernest Hemingway. Ernie. Jerry gab mir so viel Erdnussbutter und Milch, wie ich wollte, und er bot mir zum Frühstück kleine Toaststücke an und alles, was er hatte und von dem er glaubte, es könnte mir schmecken, wie gekochter Reis oder Maisbrei aus der Dose. Wir stellten fest, dass Ratten keine Gewürzgurken mögen.

Er war viel unterwegs, manchmal tagsüber und

manchmal abends, manchmal zur Stadtbücherei am Copley Square und manchmal zu Flood's Bar an der Ecke, doch meistens an unbekannte Orte. Zum Ausgehen trug er immer einen dunkelblauen Anzug, von denen er zwei gleiche besaß. Er wusch sie selbst im Waschbecken und ließ sie auf der Feuertreppe oder auf dem Heizkörper trocknen, bügelte sie aber nie. Und dazu trug er stets eine Krawatte, die er nicht festzog. Er band sie nie auf – streifte sie nur über den Kopf und ließ sie wie eine Schlinge um den Hals baumeln. Alles in allem machte er den Eindruck, als käme er gerade von einem Saufgelage, und wenn ich seine äußere Erscheinung in einem Wort zusammenfassen müsste, dann wäre es *zerknittert*.

Als ich in der Lage war, aus dem Hotel zu klettern und durch das Zimmer zu humpeln, hatte Jerry nichts dagegen. Den Haushalt führte er äußerst schlampig, und er hatte gegen nichts etwas einzuwenden, was ich machte, auch als ich genussvoll die Polsterung aus Stanley rupfte und in der Federung herumkletterte, obwohl ich Jerry nie auf die Probe stellte und in seinen persönlichen Sachen herumschnüffelte, wenn er da war. Sobald ich wieder auf den Beinen war, nutzte ich seine langen Abwesenheiten, jeden Quadratzentimeter der Wohnung auszukundschaften, angefangen vom Bücherregal. Ich war noch nie bei jemandem zu Hause gewesen und weiß daher nicht, wie viele Bücher man normalerweise hat. Nach Pembroke Books erschien natürlich jede Anzahl gering. Vermutlich hatte Jerry um die zweihundert. Ich freute mich, *Ein Porträt des Künstlers als junger Mann* und *Ulysses* zu sehen, obwohl das Große Buch traurigerweise fehlte – traurig, weil ich nie in der Lage war, die Seiten zu ersetzen, die Flo zerrissen und die ich ahnungslos aufgegessen hatte. Neben den Büchern enthielt das untere Regalbrett eine lange Reihe Notizbücher der Art, in die Jerry schrieb. Naseweis, wie ich nun einmal bin, fand ich es noch nicht richtig, darin zu schnüffeln, obwohl die Versuchung groß war. Allerdings las ich seine anderen Bücher – viele davon waren mir neu. Ich begann unten links und arbeitete mich nach oben vor, und es dauerte nicht lange, bis er mich dabei erwischte.

Ich war gerade auf Terry Southern aufmerksam geworden und hatte seinen Roman *Candy* offen vor mir auf dem Boden liegen. Es war eins dieser geleimten Taschenbücher, die immer versuchen, sich wie Muscheln zu schließen, und ich drückte die Seiten mit beiden Vorderpfoten nach unten. Die Geschichte war sehr anregend. Ich war gerade an der Stelle, wo Candy mit dem Zwerg schläft, und ich war so vertieft – erkannte ich darin doch unweigerlich eine gewisse Ähnlichkeit mit meiner Situation –, dass ich nicht hörte, wie Jerry die Treppe heraufkam, bis es zu spät war. Die Tür war anscheinend nicht eingeklinkt, denn plötzlich stand er auf der Schwelle, schwer atmend, eine Tüte mit Lebensmitteln in der einen, den Zimmerschlüssel noch in der anderen Hand. Er jagte mir einen echten Schreck ein. Er wiederum war so überrascht, dass er einen Augenblick reglos stehen blieb und seinen Schlüssel wie eine Pistole auf mich richtete. Da ich sozusagen auf frischer Tat ertappt worden war, blieb mir wohl nichts anderes übrig, als zu bluffen, um ungeschoren davonzukommen. Also blätterte ich einfach die Seite um und las weiter. Ich rechnete damit, dass er wütend auf mich war, weil ich das Buch auf den Boden gezerrt hatte, doch stattdessen fand er es furchtbar komisch. Als er sich von seinem Schock erholt hatte, lachte er sogar laut auf, was er nicht sehr oft machte, und es rasselte wieder mächtig in seiner Lunge. Danach zögerte ich nicht mehr, ein Buch herauszuziehen, wenn ich mich langweilte, es auf dem Boden aufzuschlagen und direkt vor seinen Augen durchzulesen. Ich glaube, er hat nie kapiert, dass ich wirklich las. Vermutlich hat er bis zum Schluss angenommen, dass ich nur so tat als ob.

Kapitel 10

OBWOHL MAN ES IHM AUF den ersten Blick nicht ansah, war Jerry ein sehr gewissenhafter und sparsamer Mensch, wenn er nüchtern war. Er fischte gern alte, kaputte Sachen wie Toaster und Plattenspieler aus dem Müll und reparierte sie. Manchmal schaffte er es, manchmal nicht. Gelang es ihm nicht, warf er die Sachen wieder weg, schaffte er es, stopfte er sie zu dem anderen Kram in den Schrank. Einen halben Tag lang konnte er damit zubringen, so ein Gerät auf dem Tisch auseinanderzunehmen, wild mit Zangen, Schraubenziehern und schwarzem Isolierband herumzufuchteln, und dabei die ganze Zeit Selbstgespräche zu führen – »Jetzt muss der Draht da hin, das ist der Thermostat, und das ist der Federgriff, okay, und genau da ist was kaputt« –, um dann alles wieder zusammenzusetzen. Seine Augen waren so schlecht, dass er praktisch mit der Nase auf dem Tisch arbeiten musste, und wegen seiner schlechten Augen und der dicken Finger ließ er manchmal ein paar Kleinteile zu Boden fallen. Mir gefiel es, wenn er auf allen vieren danach suchte. Er erinnerte mich an einen

Bären. Vermutlich hätte ich sie ihm holen können, aber das machte ich nie. Und es war auch lustig, ihm bei der Arbeit zuzusehen, wenn er sich mit seinem großen, zur Seite starrenden Schielauge darüberbeugte. Er sah aus wie ein Kind, das bei einer Unartigkeit ertappt wird. Und wenn er es dann geschafft hatte, ein totgesagtes Gerät wiederzubeleben, war er so glücklich, dass er kichernd und glucksend durch das Zimmer hüpfte. *Die Welt reparieren: Der Kampf eines Mechanikers.* Wenn ich ihn so sah, hätte ich am liebsten das Wort *Strahlen* neben ihn gesetzt. Das Glück quoll ihm geradezu aus allen Poren und füllte das Zimmer; ich konnte es in langen Zügen einatmen. Nachdem er vier oder fünf Geräte aus dem Schrank so weit zusammengeschraubt hatte, dass sie fast wie neu waren, lud er sie auf den roten Bollerwagen und zog sie irgendwohin. Später erfuhr ich, dass er sie an Leute auf der Straße verschenkte.

Eines Tages, ungefähr einen Monat nachdem ich bei ihm eingezogen war, brachte Jerry einen Spielzeugflügel mit, den er im Müll gefunden hatte. Der Flügel war weiß und stand auf drei kleinen Beinen. Dazu gehörte ein Bänkchen. Er war genau wie ein richtiger Flügel, nur hatte er nicht so viele Tasten, und einige funktionierten nicht. Wenn man sie anschlug, tat sich nichts, oder es kam nur ein dumpfes, unmusikalisches Plopp heraus. Nachdem Jerry auf drei oder vier dieser Plopps gestoßen war, setzte er sich ans Kamel und nahm das ganze Ding auseinander. Er fummelte daran herum und redete stundenlang mit ihm, und am Schluss bekam er die meisten Tasten wieder hin. Danach verbrachte er ein paar Stunden mit dem Ding auf dem Schoß im Sessel und suchte mit zwei Fingern Melodien zusammen, »Streets of Laredo« und »Swanee River«. Dann stellte er es auf den Boden und ließ mich darauf spielen. Ich liebte diesen Flügel, das war ihm klar, und er gab ihn nie weg. Meistens spielte ich Cole Porter und Gershwin. Und wenn ich auf der Bank saß und mich zur Musik wiegte, sah ich genau wie Fred Astaire aus. Ich sang auch wie er. Natürlich weiß ich, dass dies nur aus einer gewissen Perspektive stimmte und dass Jerry nur ein hohes Rattenfiepen vernahm. Es gefiel ihm trotzdem. Als ich zum ersten Mal für ihn spielte und sang, lachte er, bis ihm die Tränen über die Wangen liefen. Mir wäre etwas anderes als Lachen lieber gewesen, aber ich nahm es ihm nicht übel.

Jerry war der erste richtige Schriftsteller, den ich kennenlernte, und ich muss gestehen, dass ich trotz seiner Freundlichkeit zunächst enttäuscht war. Wie schon gesagt, ich war noch immer sehr bourgeois, und sein Leben entsprach ganz und gar nicht dem eines richtigen Schriftstellers, so wie ich es mir vorstellte. Zum einen war es einsamer, als ich gedacht hatte. Nun ja, nicht einsamer, als ich gedacht hatte, und nicht einsamer, als ich es an mir selbst erfahren hatte, aber er war einsamer, als echte Schriftsteller in meiner Vorstellung waren. Nur drei Mal in all den Monaten, die wir zusammen waren, klopfte jemand an unsere Tür. Ich hatte mir immer eingebildet, dass ein echter Schriftsteller – wie auch ich, wenn ich in meinen Träumen schrieb – viel Zeit in Cafés verbringen und geistreiche

Konversation mit brillanten Menschen führen würde und dass er manchmal ein schönes Mädchen mit langen, dunklen Haaren nach Hause brächte und es am nächsten Morgen wieder hinauswerfen würde, damit er weiterarbeiten konnte – »Tut mir leid, Puppe, ich sitze an einem Buch«. Ich sah ihn tagelang in seinem Zimmer eingeschlossen, literweise Whisky aus einem Woolworth-Glas trinken und bis in die frühen Morgenstunden auf seiner Underwood klappern. Er war nie sauber rasiert und hatte nie einen Bart, immer nur Zweitagestoppeln. Eine gewisse Verbitterung lauerte in seinen Mundwinkeln, und seine traurigen Augen verrieten ein ironisches *je ne sais quoi*. Nur die Sache mit dem Whisky passte einigermaßen ins Bild. Ich wusste nicht, wohin Jerry ging, wenn er mich abends allein ließ, aber er brachte nie interessante Leute mit nach Hause. Das Einzige, was er mitbrachte, waren Streichholzheftchen aus Flood's Bar and Lounge zwei Häuser weiter. Außerdem hatte er anscheinend keine Freunde, nicht einmal langweilige. Es sei denn, man würde Bekannte wie Shine und die Menschen, die ihn von der Straße her kannten, dazurechnen. Jerry Magoon war allen in der Umgebung ein Begriff. So gesehen, war er fast berühmt.

Er verbrachte auch nicht viel Zeit mit Schreiben, falls man unter Schreiben versteht, tatsächlich Wörter zu Papier zu bringen – höchstens eine Stunde am Tag. Wenn er dann wirklich schrieb, saß er an dem Tisch mit der Emailleplatte, an dem er auch aß und Sachen reparierte. Darauf stapelte sich immer Plunder – Papiere, Bücher, schmutziges Geschirr, Kleidung, für gewöhnlich ein Schirm und Kleinteile von den Sachen, die er auseinandernahm oder zusammensetzte –, den er dann beiseiteschob, um Platz zum Schreiben zu haben. Er schrieb mit Bleistift in Schulhefte, die mit den schwarzweiß marmorierten Deckeln und einem weißen Schildchen in der Mitte mit Linien für Titel und Inhalt. Der Titel auf dem Heft, in das er die ganze Zeit schrieb, solange ich bei ihm wohnte, lautete *Der letzte große Deal*. Mehr wurde nicht verraten.

Jerry murmelte und summte vor sich hin, wenn er schrieb. Das Summen war ein hoher Singsang, und das Murmeln war einfach ein Murmeln oder vielleicht Dröhnen. Es klang wie jemand, der in einem fernen Raum betet – eine bedeutungsschwangere Aura ging davon aus, und doch war es unmöglich, auch nur ein Wort zu verstehen. Er murmelte sogar dann, wenn er nicht am Tisch saß und schrieb. Eigentlich murmelte er die ganze Zeit, wenn er nicht gerade tatsächlich mit jemandem sprach. Ich dachte, er schriebe seine Bücher wahrscheinlich im Kopf, so wie ich. Diesen Gedanken fand ich ermutigend, und das war etwa der Zeitpunkt, an dem ich mich ernsthaft damit beschäftigte, selbst zu schreiben.

Manchmal trank Jerry ein bisschen zu viel, und wenn er dann nach Hause kam, stieß er auf dem Weg ins Bett gegen die Möbel und schlief in seinen Kleidern ein. Nachts hörte ich dann, wie er aufstand und sie auszog. Er stand nachts ohnehin immer auf, um ins Waschbecken zu pinkeln. Ab und an war er total betrunken. Das passierte durchweg am Ende seiner depressiven Phasen – Phasen der Niedergeschlagenheit, die pünktlich wie ein Uhrwerk wiederkehrten –, und anscheinend taten ihm diese Besäufnisse sehr gut. Ich hatte nichts gegen das Trinken – warum auch, in Anbetracht meiner Geschichte? –, aber die depressiven Phasen verabscheute ich. All seine vergrabene Verzweiflung, die Traurigkeit und Trostlosigkeit, die man in seinen Büchern fand, trieben an die Oberfläche seines Lebens, warfen Blasen in seinen Augen und bedeckten sein Gesicht wie ein Schleier. In diesen Phasen saß er einfach nur in dem großen Ledersessel und starrte auf die Wand, praktisch katatonisch.

Er hörte sogar auf zu essen, und – das Hemd ist einem näher als der Rock – hörte vor allem auf, mich zu füttern. Das machte mir ernsthaft Sorgen. Und ich fühlte mich nutzlos. Wie Sie inzwischen wohl erraten haben, bin auch ich ein ziemlich depressiver Typ und weiß alles über die siebzehn Arten der Verzweiflung. Selbst wenn ich also hätte sprechen können, wäre ich nicht in der Lage gewesen, ihn mit Worten aufzumuntern. Wenn jemand verzweifelt ist und davon spricht, wie kalt und unfreundlich die Welt ist, wie viel sinnloses Leid es im Leben gibt, wie viel Einsamkeit, und man stimmt ihm zufällig in jedem Punkt zu, kommt man in Verlegenheit. Dieser Zustand hielt bei ihm für gewöhnlich zwei Tage an, und ich gab nie den Versuch auf, ihn da rauszuholen. Alle möglichen Tricks wandte ich an, um ihn aufzuheitern – ich sang, spielte Boogie-Woogie auf dem Flügel, schnitt lustige Fratzen, gab die epileptische Ratte, alles, was in besseren Zeiten schallendes Gelächter hervorgerufen hätte –, aber er schien es nie zu bemerken. Dann, so verlässlich wie der Sonnenaufgang, erhob er sich nach zwei oder drei Tagen plötzlich aus dem Sessel, spritzte sich kaltes Wasser ins Gesicht, zog sein Jackett und die Krawatte an und ging wortlos zur Tür hinaus.

Dieses jähe Verschwinden jagte mir zunächst Angst ein. Ich dachte, er mache sich wahrscheinlich auf die Suche nach einem hohen Gebäude oder vielleicht einer Brücke über reißendem Wasser. Manchmal tat ich so, als wäre ich Ginger, und lief ihm nach, um ihn zu suchen. Ich fand ihn immer, ehe es zu spät war, für gewöhnlich in einer Spelunke im Hafenviertel, wo er allein in einer Nische saß und zusah, wie das Eis in seinem Whisky schmolz. Schüchtern zupfte ich dann an seinem Ärmel. »Komm nach Hause, Jerry, bitte.« Er riss seinen Arm los und wandte sich wütend ab. »Bitte, Jerry, komm wieder nach Hause. Ich brauche dich.« Am Ende gelang es mir noch jedes Mal, ihn zu überreden. Mir gefiel es, wie alle in der Bar mich und Jerry ansahen und Mitleid mit uns hatten. In Wirklichkeit saß ich natürlich zu Hause und machte mir Sorgen. Er blieb stets eine, vielleicht zwei Nächte weg, und dann kam er zurück und sah richtig furchtbar aus, fiel ins Bett und schlief lange. Und wenn er aufwachte, war er wieder der Alte. Psychologisch gesehen, ist Trunkenheit viel nützlicher, als man denkt.

Eines Morgens, ein paar Tage nach meinem Einzug, als ich noch ans Hotel gefesselt war, schreckte mich riesiger Tumult aus dem Schlaf. Ich streckte die Nase über den Rand des Kartons und sah überrascht, dass Jerry seine Arme um den großen Ledersessel geschlungen hatte. Keuchend und grunzend mühte er sich ab, ihn durch das offene Fenster zu schieben. Zuerst dachte ich, er wolle den alten Stanley hinauswerfen, und rechnete mit einem gewaltigen Krachen von unten. Tatsächlich aber schob er den Sessel nur auf die eiserne Feuertreppe, und sobald er dort stand, kletterte Jerry auch hinaus, nahm eine Tasse Kaffee in die eine und eine *Life*-Ausgabe in die andere Hand. Auf dem Titelblatt hieß es: *Radioaktiven Niederschlag überleben.* Es stellte sich heraus, dass Jerry oft bei schönem Wetter da draußen saß, die Zeitung las oder ein Nickerchen machte. Manchmal zog er sein Hemd aus und sonnte sich. Er hatte eine Matte aus grauen, gekräuselten Haaren auf der Brust, die sich zum Nabel hin verjüngten und ein V bildeten, und auf seinem linken Oberarm hatte er eine rote Rose eintätowiert mit einem verschnörkelten, hellblauen Schriftzug darunter, der so verblasst war, dass man ihn nicht mehr lesen konnte. Ich glaube, es sollte »unvergänglich« heißen, obwohl es auch »unzulänglich« oder »unzugänglich« hätte sein können. Er nannte die Feuertreppe mit dem Sessel darauf »Balkon«, so wie ich es gemacht hatte, doch das Einzige, was man von seinem Balkon aus sah, waren die Rückseiten einiger Gebäude, die Gasse darunter und viele verbeulte Mülltonnen. Und den Himmel natürlich. Die Stadt hatte aufgehört, kaputte Glühbirnen in den Straßenlaternen zu ersetzen, und eine nach der anderen war ausgegangen, bis die Gegend nachts so dunkel war, dass wir draußen auf dem Balkon sitzen und die Sterne sehen konnten. Es waren meine ersten Sterne. Sie sagten »unvergänglich«, so wie es auf Jerrys Arm stand.

Der Sessel auf der Feuertreppe war auch der Grund für das erste Klopfen an unserer Tür. Es war die Feuerwehr, ein kleiner Mann in Uniform und ein großer Mann in weißem Hemd mit offenem Kragen. Der große hatte Haare auf der Brust wie Jerry, nur waren seine schwarz. Er behauptete, der Sessel blockiere einen Notausgang, und nannte es ein »Sicherheitsrisiko«. Jerry wehrte sich eine Weile, sagte, falls es brenne, könne er über den Sessel springen, ob er es ihnen vorführen solle? Das wollten sie nicht, und sie waren wütend, dass er sich ihnen widersetzte. Sie wiesen ihn an, den verdammten Sessel einfach von der Feuertreppe zu schaffen. Also schleppte Jerry den Sessel mühsam wieder hinein, brummend und knurrend wie ein Bär. Zwei Tage später stellte er den Sessel wieder raus. Er nannte es Bekämpfung des Systems.

Als mein Bein schließlich verheilt war, fing ich an, meine Behausung ernsthaft zu erkunden, und suchte nach einem Ausgang. So schön es war, das Zimmer war trotzdem eine Art Gefängnis. Und nach ein paar Wochen fehlte mir die Buchhandlung allmählich, das emsige Treiben eines geschäftigen Samstags, sogar die beängstigenden nächtlichen Ausflüge zum Square, doch vor allem fehlten mir das Rialto und die Hübschen. Jerry hatte zwei Ausgaben einer Zeitschrift mit dem Titel *Peep Show,* die ich gern durchblätterte, mit Farbfotos von fast nackten Hübschen, manchmal auf allen vieren, dann wieder nicht. Oft lagen sie auf Teppichen, aber es war nicht dasselbe wie in den Filmen.

Anfangs dachte ich, es gebe keinen Weg aus dem

Zimmer, und eine Flucht wäre unmöglich. Der Spalt unter der Tür war zu schmal, und obwohl ich wahrscheinlich die Feuertreppe hinuntergekommen wäre, hätte ich es nie wieder hinaufgeschafft, und ich hatte kein Verlangen, für immer zu verschwinden. Natürlich hätte ich einfach eines Tages hinausschießen können, wenn Jerry die Tür öffnete – selbst mit meinem kranken Bein war ich noch schneller als er –, aber das wollte ich auch nicht. So wollte ich Jerry nicht brüskieren. Ich wollte nur wissen, dass ich hinauskonnte, wann es mir gefiel, wollte das Gefühl von Freiheit haben. Da ich außerdem schon alle Bücher in der Wohnung mindestens zwei Mal gelesen hatte, konnte es ziemlich langweilig werden, wenn Jerry nicht da war, jede Menge leere Nachmittage und einsame Nächte. Aus meiner Lektüre wusste ich, dass man furchtbare Sachen anstellen kann, wenn man sich langweilt, Dinge, die einen einfach unglücklich machen. Eigentlich macht man sie, um unglücklich zu werden, damit man sich nicht mehr langweilen muss.

Ich war kurz vor diesem Punkt, als ich begann, am Großen Loch zu arbeiten. Im Lauf der Zeit habe ich viel über Löcher gelernt, wo man sie am ehesten findet – schlecht sitzende Lampenhalterungen, lockere Bodendielen und überall da, wo Rohre in Wänden oder Böden verlegt worden sind –, und geduldiges Erforschen, Zentimeter um Zentimeter, hatte mich überzeugt, dass es in Jerrys Zimmer nichts dergleichen gab. Das einzige nennenswerte Loch, falls nennenswert die richtige Bezeichnung ist, war ein kleiner Riss um das Abflussrohr des Waschbeckens, groß genug für eine dicke Maus, sollte es eine solche geben, aber nicht für eine Ratte, und sei sie noch so ausgemergelt. Doch als Erbe und Schüler der alten Pembroke-Gräber ließ ich mich nicht einschüchtern, und eines Tages, als Jerry fort war, machte ich mich daran, den kleinen Spalt zu vergrößern. Ich nannte es die Konstruktion des Großen Lochs. Eigentlich war es nicht so schwer. Durch jahrzehntelange Feuchtigkeit war das Holz schwammig geworden und hervorragend anzunagen, und nach knapp zwei Tagen hatte ich das Loch fertig, die Ränder schön glatt und die Ecken abgerundet.

Während ich darauf wartete, es auszuprobieren, konnte ich meine Aufregung kaum bändigen. Wie ein Wahnsinniger lief ich im Zimmer herum, zog Bücher heraus und ließ sie offen auf dem Boden liegen – ich konnte mich nicht auf die Wörter konzentrieren – oder ich knabberte zerstreut und laut an den Rändern meines Kartons. Irgendwann warf Jerry die Zeitung hin, in der er gerade las, und brüllte mich an: »Um Himmels willen, Ernie, kannst du nicht mal eine Minute lang still sitzen?« Wie gut für unsere Beziehung, dass er kurz darauf endlich aufstand, sich die Krawatte überstreifte und ging. Sobald ich hörte, wie sich die Haustür unten öffnete und hinter ihm wieder schloss, ließ ich mich hinab. Mir gefiel es überhaupt nicht, ihn so zu hintergehen, aber wie hätte ich es erklären sollen? Wäre ich fähig gewesen zu schreiben, hätte ich ihm vielleicht eine kurze Nachricht hinterlassen: »Lieber Jerry, ich habe ein Loch in deinen Boden genagt und mache einen Spaziergang. Verzeih mir und mach dir keine

Sorgen. Herzlich, Ernie.« Oder ich hätte »Dein Ernie« geschrieben.

Unter dem Boden fand ich die üblichen staubigen Schluchten zwischen den Balken, aber keine Anzeichen, keine Nagespuren oder Tunnel, deuteten darauf hin, dass die Vorfahren jemals so weit vorgedrungen waren. Ich folgte dem schrägen Abflussrohr quer über den Boden bis an die Stelle, wo es in einem viel größeren Rohr mündete, das durch einen tiefen, dunklen Schacht nach oben kam. Ich schob ein Stück abgebröckelten Putz über den Rand und lauschte, wie es von den Wänden des Schachts abprallte. Dann trat ganz tief unten Stille ein. Ich rechnete mir aus, dass es derselbe Schacht und dasselbe große schwarze Rohr sein musste, die ich benutzt hatte, um an dem verhängnisvollen Tag vor langer Zeit aus dem Keller zu klettern. Seither hatte ich viel mehr über Rohrleitungen erfahren, weil ich viele Bücher zum Thema HEIMWERKER gelesen hatte. Ich wusste zum Beispiel, dass es sich bei diesem schwarzen Rohr um den zentralen Abfluss handelte, in den sich alle Waschbecken und Toiletten des Gebäudes entleerten, weshalb es so dick war, und dass es mit einem kleineren Lüftungsrohr im Dach verbunden war, das ein Vakuum verhinderte, wenn jemand die Spülung betätigte. Mir gefiel es, so etwas zu wissen, obwohl das Wissen, wie eine Toilette funktioniert, nicht dasselbe ist, wie tatsächlich zu spülen, ein Vergnügen, das ich mir nur vage vorstellen konnte. *In den trockenen Kloaken des Verstandes: Fantasien eines Lehnstuhlinstallateurs.*

Diesen zentralen Schacht nannte ich den Fahrstuhl. Er führte direkt hinunter in den Keller von Pembroke Books, mit Zwischenhalt auf jeder Etage. Den Schacht hinunter- und wieder hinaufzuklettern war diesmal schwierig, viel schwieriger, als jede frühere Erstürmung, und nicht nur aufgrund meines verletzten Beins. Ich wünschte, es wäre nur mein Bein gewesen. Ich musste oft anhalten, um Atem zu schöpfen, und ich konnte nicht mehr an den Vorderpfoten hängen wie früher.

Beim ersten Mal, als ich hinunterkletterte, machte ich in der Zahnarztpraxis im ersten Stock Halt. Sie bestand aus zwei Räumen, einem Wartezimmer und einem Behandlungszimmer. Die Wände waren weiß gestrichen, der Boden war mit Linoleum bedeckt, glatt und ölig, und es roch nach nassem Zeitungspapier. In der Mitte des Behandlungszimmers stand ein riesiger Stuhl auf einem Stahlfuß; die Bohrwerkzeuge hingen an einem Gestell daneben. Nirgends gab es etwas zu essen und nichts zu lesen außer einer Broschüre über Zahnverfall mit Farbfotos von faulenden Zähnen. Ich fuhr mir mit der Zunge über meine Vorderzähne – kein Problem. Ich werde sterben, und Jahrhunderte später werden Archäologen – ob es dann noch Archäologen gibt? – meine langen gelben Zähne ausgraben und sagen: »Sieh dir die an, Joe, keine Löcher.« Wie der kleine Junge in der Broschüre, der strahlend lächelt und sagt: »Mami, Mami, er hat gar nicht gebohrt!« Mami, Mami, er hat gar nicht gebohrt. Oh, Flo, komische alte Flo, sie hatte ihre eigene Art, eine Art, die einem mit dem Abstand beinahe gewinnend vorkommt, ihr watschelnder Gang, das gewaltige Schnarchen und die seltsam schmeckende Milch. Kein Bohren, keine Löcher, aber Erinnerung, ausgehöhlt, kariös. Mir fällt auf, dass Sie über meine Witze nicht mehr lachen. An welcher Stelle ist Ihnen denn das Lachen im Hals stecken geblieben?

Sobald ich Zugang zum Fahrstuhl hatte, gewöhnte ich mir an, hinunter in die Buchhandlung zu schlüpfen, wenn Jerry nicht da war. Ich fing sogar wieder an, mir Filme im Rialto anzusehen. Das war die einzige Einrichtung in der Gegend, in der das Geschäft wirklich gut lief. Ich vermute, da so viele andere Läden geschlossen und verrammelt waren, hatten die Menschen nicht mehr viel zu tun, also gingen sie ins Kino. Manchmal kam Jerry vor mir nach Hause. Er sah, dass ich auf eigene Faust Ausflüge unternahm, und hatte offensichtlich nichts dagegen. Er behandelte mich wie einen Gleichgestellten. Ich hievte mich durch das Loch nach oben, und Jerry saß am Tisch und sagte so was wie: »Sieh an, Ernie, wie war dein Spaziergang?« Es brach mir das Herz, dass ich dann nicht sagen konnte: »Hallo, Jerry, es war dufte.«

Jetzt, da ich wieder in die Buchhandlung konnte, hing ich tagsüber oft an meinen gewohnten Posten herum, spähte aus dem Ballon, schaute vom Balkon hinunter, immer vorsichtig, verborgen, ließ nur ein Auge und meine Nasenspitze sehen, und manchmal verbrachte ich ganze Nächte dort mit Lesen. Die Buchhandlung war gar nicht mehr so fröhlich wie einst. Ein Hauch von Niederlage hing darüber und eine erdrückende, echte Staubschicht. Shine hatte seinen Staubwedel offenbar in letzter Zeit nicht benutzt. Kein Staubwedel und kein Pfeifen und riesige, dunkle Säcke unter seinen Augen. Außerdem waren nicht annähernd so viele

Kunden da wie früher. Die Leute kamen einfach nicht mehr in diesen Teil der Stadt. Ich glaube, in ihren Gedanken gab es ihn schon nicht mehr.

Kapitel 11

An einem herrlichen Septembermorgen nahm Jerry mich zum ersten Mal mit auf den Common. Wir hatten gerade unser übliches Frühstück – Toast und starker Kaffee – beendet, als er nach oben griff und den roten Bollerwagen von den aufgetürmten Kartons herunterholte. Ich dachte, er würde ihn mit dem Waffeleisen und dem Toaster beladen, die seit Wochen im Schrank standen, stattdessen zog er den obersten Karton herunter, stellte ihn auf den Boden, nahm Bücher heraus und stapelte sie in den Wagen. Ich erkannte *Kuckuckseier* an dem rotgelben Einband mit den triefend roten Fangzähnen der Riesenratte, sah aber auch viele Exemplare eines anderen Buches mit einem einfachen Pappdeckel und herausquellenden Seiten. Von beidem packte er ganze Stapel ein, dann lud er sich den Wagen mitsamt den Büchern auf die Arme – so stark war er –, und ich hörte ihn die Treppe hinabpoltern. Gerade wollte ich durch den Fahrstuhl nach unten verschwinden und mal nachschauen, was bei Pembroke Books los war, da hörte ich ihn wieder heraufstapfen. »Komm, Ernie«, sagte er, bückte sich und hob mich hoch. Er setzte mich auf seine Schulter, ich klammerte mich mit der Pfote an eine seiner langen Locken und ritt so auf ihm zur Straße hinunter.

Ich war schon früher auf seiner Schulter im Zimmer herumgeritten, und es hatte mir gut gefallen. Ich tat dann gern so, als wäre er ein Kamel und ich Lawrence von Arabien. Beim ersten Mal nutzte ich natürlich die Gelegenheit, seine Schläfen zu untersuchen. Nach meiner schlechten Erfahrung mit Norman Shine war ich vorsichtig geworden. Aber beim Herumtasten in seinem Haargestrüpp hatte ich keine halbmondförmigen Höcker gefunden, nur eine beruhigende, ebene Fläche mit leichten Schuppen, daher hatte ich unter Jerrys Bild EHRLICH und FREUNDLICH gepinnt.

Jerry kniete sich neben den Wagen und stapelte die Bücher mit den Titelseiten nach oben. Ich kletterte auf den höchsten Stoß, er zog den Wagen, die Bücher und mich durch den warmen Sonnenschein die Tremont Street hinunter bis zum Common, und so gelangte ich erneut auf die Verkaufsseite des Buchgeschäfts.

Vorher hatte ich die Menschenwelt erst ein Mal bei Tageslicht gesehen, in vollem Sonnenschein, die hohen Gebäude, die belaubten Bäume, die vielfarbigen Blumen und die Passanten, und damals war ich vor Angst schier gestorben. Diesmal, auf Jerrys Wagen, hatte ich keine Angst, konnte den Leuten ins Gesicht und zu den Bäumen hinauf sehen und etwas spüren, was die Menschen wohl Freude nennen. Ich formulierte den Ausspruch »eine wunderschöne Welt« und ließ ihn in den blauen Himmel aufsteigen, flatternd wie ein Banner. Klar, Neid war auch dabei, ein bitterer Geschmack wie Galle – schließlich war es nicht meine Welt –, aber ich schluckte ihn runter. Die Menschen starrten uns im Vorbeigehen an, vor allem mich, und ich starrte mit meinen schwarzen Augen unverwandt zurück.

Neben der U-Bahn-Station Park Street eröffneten wir den Verkauf. Jerry lehnte ein Pappschild an den Wagen. Darauf stand in handgeschriebenen Großbuchstaben BUCHVERKAUF – NEUE, VOM AUTOR SIGNIERTE BÜCHER. Ich besaß natürlich beträchtliche Erfahrung in der Verkaufsförderung, und falls man mich um Rat gefragt hätte (wenn das bloß möglich gewesen wäre!), hätte ich vorgeschlagen – taktvoll und ohne den Klugscheißer rauszukehren –, die Sache aggressiver anzugehen. Ich hätte gesagt: »Jerry, mein Junge, du musst ihnen das Zeug direkt unter ihre dicken Nasen halten, musst sie nerven, bis sie die Kohle rausrücken, nur um dich loszuwerden.« Ich hätte mich wie ein alter Großvater in einem Film verhalten, der einem gerade in die Welt hinausziehenden Jungen Ratschläge gibt (ich sehe ihn regelrecht vor mir mit seinem schwachen Kinn und dem angeklatschten schwarzen Haar). Aber Jerry ließ sich nicht drängeln. Als Geschäftsmann war er ein glatter Versager. Er lehnte bloß an der Wand der Station, rauchte eine Zigarette nach der anderen und wartete darauf, dass die Leute ihn ansprachen. Wohl kaum die richtige Art, Kunden anzulocken.

Am Nachmittag nach Schulschluss kam ein ganzes Rudel größerer Kinder auf der anderen Seite der Park Street vorbei, brüllte zu uns herüber und röhrte im Chor »Mangoon, Mangoon, Mann vom Mond«. Jerry war ein ziemlich selbstbeherrschter Mensch – kein einziges Mal schaute er in ihre Richtung und ließ sich nicht anmerken, ob er sie überhaupt gehört hatte. Ein paar kleinere Kinder trotteten zu uns herüber. Sie kamen meinetwegen, knieten sich neben den Wagen, redeten in Babysprache mit mir und versuchten mich zu irgendwelchen Tricks zu beschwatzen, als wäre ich ein dressierter Affe. Einer der kleinen Trottel hielt mir seinen Bleistift hin und sagte: »Beiß rein, Ratte, beiß rein.« Und das von einem Gör, das vermutlich nicht mal das Abc beherrschte – es war wirklich demütigend.

Wir blieben fast den ganzen Tag dort, bis nach der Stoßzeit, und ich konnte beobachten, wie sich das Licht in den Bäumen veränderte. Ein paar Menschen kauften Bücher, während andere nur auf einen Schwatz stehen blieben. Die meisten davon ähnelten Jerry und hatten offensichtlich kein Geld für Bücher. Sie plauderten, tratschten über gemeinsame Bekannte und machten Witze darüber, wie pleite sie waren. Sie sprachen sich gegenseitig mit »Mann« an. Alle waren sehr interessiert an mir, und zweimal wurde Jerry gefragt, ob ich zahm sei, und beide Male antwortete er: »Nein, Mann, der ist nicht zahm – der ist zivilisiert.« Dann wandte sich einer von ihnen – Gregory hieß er – beim Weggehen an mich und sagte, so ganz beiläufig: »Bis dann, Mann.« Das warf mich beinahe um.

Obwohl fast nie jemand an Jerrys Tür klopfte, kannte er anscheinend eine Menge netter Leute, und sie grüßten ihn im Vorbeigehen – »Wie geht's, Jerry?«, »Läuft's gut, Jerry?« –, sogar die Cops. Wenn man einsam ist, dann hilft es, glaube ich, ein wenig verrückt zu sein, solange man es nicht übertreibt. Zumindest ist das meine Taktik. Und am Ende verkaufte Jerry doch noch ein paar Bände der *Kuckuckseier.* Ich glaube, die Leute wurden von dem schreiend bunten Titelbild der Riesenratte angezogen. Jerry signierte das Buch jedes Mal und gab dem Käufer kostenlos noch eine Ausgabe des anderen Buches und seine Visitenkarte dazu. Auf der Visitenkarte stand:

E. J. Magoon
»Der gescheiteste Mann der Welt«
Außergewöhnlicher & außerirdischer Künstler

Und so signierte er auch seine Bücher. Außergewöhnlicher & außerirdischer Künstler. Das schien den Leuten zu gefallen. Natürlich nicht allen, nicht den echten Spießern. Einige davon, die mit den Aktenkoffern und Anzügen, schauten Jerry bloß an und feixten. Man konnte sehen, wie sie miteinander redeten und lachten. Sie hatten gute Zähne. Aber wenn ihr Blick dann auf mich fiel, bedachte ich sie mit einem so kalten, verachtungsvollen Starren, dass sie es nicht aushielten. Wischte ihnen prompt das Feixen aus den glatten Gesichtern.

Hin und wieder blieben Leute stehen, um sich mit Jerry zu streiten und ihn zum Hanswurst zu machen. Sie konnten die Vorstellung nicht ertragen, dass dieser alte zerknautschte Kerl mit dem Wagen der gescheiteste Mann der Welt sein sollte. Also sagten sie: »Wenn Sie der gescheiteste Mann der Welt sind, wieso verkaufen Sie dann Bücher aus einem Wagen?«, und ähnlich spießige Dämlichkeiten. Doch Jerry blieb immer ganz ruhig. Geduldig erklärte er ihnen, sein Reichtum bestehe in seiner Freiheit, da er kein Lohnsklave sei und sich nicht acht Stunden am Tag in einem sinnlosen Job den Arsch platt sitzen müsse. Nie hob er die Stimme, hörte ihnen zu, wenn sie etwas sagten, und manchmal kam es nach einer Weile zu einem echten Gespräch über ernsthafte Dinge, und man merkte, dass sie ihn allmählich mochten. Einige erzählten ihm sogar, wie unglücklich sie in ihren blöden Jobs und gescheiterten Ehen wären, und kauften dann schließlich ein Buch. Vermutlich hofften sie, es würde sie zu Hause aufmuntern.

Jerrys anderer Roman hatte keinen farbigen Einband. Er bestand nur aus einem Stapel loser Blätter, die er selbst in einem kleinen Laden auf dem Square kopiert hatte. Diese losen Blätter hatte er zwischen zwei braune Pappdeckel geklemmt, Löcher durch den Stapel gestanzt und das Ganze mit weißem Paketband zusammengeschnürt. Ich fand das ziemlich schäbig. Aber angesichts meiner Herkunft war das ja kein Wunder. Auf jedes Buch hatte er per Hand mit blauer Wachsmalkreide in großen Druckbuchstaben den Titel geschrieben: DAS RETTUNGSUNTERNEHMEN.

Die Geschichte beginnt auf dem Planeten Erde, etwa hundert Jahre nachdem ein gewaltiger, thermonuklearer Krieg zwischen den »letzten Imperien«, den USA und der UdSSR, die Zivilisation fast gänzlich vernichtet hat. Außer der Zerstörung der Metropolen und sogar kleiner Städte hatte der Krieg der überlebenden Landbevölkerung eine instinktive Abneigung gegen jede Art von Technologie eingeimpft, die sie irgendwie für das ganze Elend verantwortlich machten. Es gab keine Regierungen mehr, wie wir sie kennen, nur umherstreifende Banden von Warlords und kleine, lose Bauerngemeinschaften. Diese Bauern bearbeiteten den Boden mit einfachen Holzpflügen und Maultieren, und wenn sie bei Nacht pflügten, glühten die radioaktiven Schollen hinter dem Pflug wie Phosphor. Auf der gesamten Erde litten die Menschen an unvorstellbaren Krankheiten, die es vor dem atomaren Holocaust so nicht gegeben hatte und die oftmals die Haut angriffen, so dass die meisten Menschen mit schmerzhaften Geschwüren bedeckt waren. Da die Radioaktivität den gesamten Planeten durchdrang, wurde die Hälfte aller Kinder mit Behinderungen geboren – verkrüppelt, blind oder schwachsinnig. Zum Ausbruch des Endkriegs, dessen Erinnerung als ständig wiederkehrender Albtraum im kollektiven Unterbewusstsein verankert war, hatten die alten Religionen und Ideologien entscheidend beigetragen und waren daher vollkommen in Verruf geraten. Aber bei all der Ignoranz und Hirnschädigung war es nicht verwunderlich, dass neue Religionen wie Pilze aus dem Boden schossen. Viele dieser Sekten waren jedoch weder weit verbreitet noch von langem Bestand, bis zur Geburt der Ausgestoßenen.

Die neue Sekte wurde von einem besonders blutrünstigen Warlord namens John Hunter gegründet. Als er eines Tages plündernd und vergewaltigend durch ein kleines Dorf zog, warf ihn ein dicker Ast vom Pferd. Anscheinend unverletzt, bekam er jedoch kurz darauf Botschaften aus dem All, und aus diesen erfuhr er, dass menschliche Wesen ursprünglich gar nicht von der

Erde stammten und sich nicht mit den anderen Spezies entwickelt hatten, sondern als Ausgestoßene aus dem Wrack eines Raumschiffs eingetroffen waren. Die Lehren der neuen Religion standen in völligem Einklang mit dem weit verbreiteten Gefühl dieser Zeit, nicht auf den Planeten zu gehören. Man konnte ihn kaum als einen Planeten bezeichnen, auf dem man sich heimisch fühlen wollte. John Hunter machte den Menschen weis, sie müssten gerettet werden, und dafür bräuchten sie ein Signal für vorbeifliegende Raumschiffe. Natürlich besaßen sie nur die einfachste Technologie, keinen Funk oder irgendwas in der Art, also erwiesen sich Signale für Raumschiffe als problematisch. Aber John Hunter wusste die Antwort. Er verkündete, sie müssten eine Pyramide bauen, die so groß wäre, dass man sie vom Weltraum aus sehen könnte. Zwei Jahre verbrachte er damit, das gesamte Gelände abzustecken, was ihm mehr und mehr Anhänger zuführte. Als die Basis der Pyramide schließlich abgesteckt war, bedeckte sie die alten Bundesstaaten Kansas und Nebraska vollständig, dazu noch den größten Teil von Missouri, Iowa und South Dakota.

Voller Inbrunst machten sich die Menschenmassen an die Arbeit, brachen Steine und schleppten sie herbei. Die Millionen waren so hingerissen von der Arbeit, dass Ingenieurkenntnisse zunahmen und Bürokratien entstanden. Um das Millionenvolk der Arbeiter zu ernähren, weitete sich die Landwirtschaft aus und wurde intensiviert. Der Eisenpflug, die Scheibenegge und sogar primitive Dreschmaschinen wurden eingeführt. Für John Hunter und seine Priester wurden an jeder

Ecke der Pyramide riesige Palast- und Tempelanlagen erbaut. Als John Hunter starb, trat sein brillanter und rücksichtsloser Sohn Kevin Hunter die Nachfolge an, dem wiederum der schwache und zügellose Wilson Hunter folgte, und so weiter, bis zu ihrem letzten Anführer, dem vollkommen verrückten Bob Hunter. Inzwischen hatten die Arbeiten 110 Jahre gedauert, und die Kosten für den Bau der Riesenpyramide hatten die mageren Ressourcen des Planeten beinahe aufgezehrt, während die Bevölkerung durch Mutation und Krankheit immer stärker dezimiert wurde. Die letzten paar Menschen gingen schließlich in einem Schneesturm zugrunde, als sie versuchten, einen gewaltigen Granitquader aus Michigan heranzuschleppen. Jahrhunderte später landeten tatsächlich raumfahrende Wesen auf der Erde. Sie staunten über die riesige, unfertige Pyramide und errichteten ein großes Forschungszentrum auf der Erde, nur um die Pyramide zu untersuchen, aber es gelang ihnen nie, den Zweck des Bauwerks zu ergründen.

Mir gefiel die Geschichte nicht so gut wie *Kuckuckseier,* vielleicht weil keine Ratten darin vorkamen. Was mir jedoch gefiel, war die Familiensaga und wie die Hunters, deren Gehirne durch Machtstreben und Radioaktivität zugrunde gerichtet waren, mit der Zeit schwächer und verrückter wurden. Diese Botschaft sagte mir zu. Jerry behauptete, sein Buch würde nicht gedruckt werden, weil sich die Leute vor der Botschaft fürchteten. Aber für mich stimmt sie jedenfalls mit meiner Lebensauffassung überein – jeden Tag ein bisschen schwächer und verrückter.

Kapitel 12

Jerry und mir ging es gut miteinander. Am meisten genoss ich unser Frühstück, die Untertasse mit starkem Kaffee und Milch, und dann das gemeinsame Zeitunglesen. Eines Tages lasen wir beim Frühstück im *Globe* einen langen Artikel über Adolf Eichmann. Auf den Fotos waren Züge voll halb verhungerter Menschen zu sehen, die ihre dünnen Arme durch die Latten der Viehwaggons streckten, und ganze Haufen ausgemergelter Leichen – sie hatten Rattengesichter –, und Jerry sagte, wenn er das sehe, schäme er sich, ein Mensch zu sein. Dieser Gedanke war mir neu.

Kaffee schmeckte mir immer besser und Wein auch, aber niemals Wein am Vormittag und für gewöhnlich auch nicht nachmittags, außer es regnete. Wenn es Zeit zum Abendessen wurde, machte Jerry meist was aus Dosen warm. Am liebsten mochten wir den Rindereintopf von Dinty Moore. Manchmal kochte Jerry auch Reis dazu, und wenn das Geld knapp war, gab es nur Reis mit Sojasoße. Jerrys Schnurrbart war ziemlich buschig und zog beim Essen die Reiskörner an wie ein Magnet – sie schienen regelrecht hineinzufliegen.

Später, als ich mich in unserer Beziehung sicher fühlte, pulte ich ihm mit den Pfoten gerne die Stückchen raus und aß sie. Das brachte ihn immer zum Lachen. Wenn er lachte, konnte man sich gut vorstellen, dass er der glücklichste Mann der Welt war und nicht nur der gescheiteste.

Er ging nicht jeden Abend aus, und manchmal – immer häufiger, als die Wochen verstrichen und es draußen kälter wurde – verbrachten wir die Abende zusammen, ausgestreckt auf dem alten Ledersessel, und hörten Schallplatten, viel Charlie Parker und Billie Holiday. Er besaß eine richtige Hi-Fi-Anlage mit Lautsprechern an beiden Seiten, und wir tranken den Rotwein, den er in Krügen von Dawson's Beer and Ale auf der Cambridge Street mitbrachte. Ich hatte kein eigenes Glas, daher trank ich aus seinem. Für gewöhnlich saß ich auf der Armlehne, und an manchen Abenden wurde ich so betrunken, dass ich runterfiel und auf seinem Schoß landete. Er lachte dann, und obwohl ich selbst nicht lachen kann, ging es mir gut, und das war dasselbe wie lachen. Jazz hatte ich immer gemocht, wegen Fred Astaire, und nun fand ich auch Gefallen an dem modernen Zeug. Die LP *No Sun in Venice* ließen wir ununterbrochen laufen, sie war so cool und traurig, mit Milt Jackson am Vibraphon. Für mich klang das Vibraphon wie eine einsame Ratte, die in einer Stadt aus Glas durch eine leere Straße läuft, mit den Pfoten über das Pflaster trippelt, ein klarer, hoher, einsamer Klang, der von den Gebäuden widerhallt.

Spätnachts in meinem Karton, wenn ich im Dunkeln auf dem Handtuch aus dem Roosevelt Hotel lag (inzwischen unter der Polsterung, die ich aus Stanley gezerrt hatte, nicht mehr zu sehen), hörte ich die Musik nach wie vor in meinem Kopf. Ich überließ mich ihr, öffnete die Augen und dachte an die Hübschen. Ich rieb meine Gedanken an ihrer samtigen Haut, nistete mich in der schummrigen Wärme ihrer Spalten ein. Das Verlangen war so stark – eine lange, heiße Linie, die über meinen gesamten Körper lief. Ich konnte mir beim besten Willen nicht erklären, wie Jerry es ertrug, allein durch eine frauenlose Welt zu stapfen, vor sich hin zu murmeln und seinen großen Kopf zu schütteln. Wäre ich ein Mensch gewesen, dann wäre ich auf die Straße runtergelaufen, hätte – mit glitzernden schwarzen Augen über meinem kinnlosen Lächeln – die erstbeste attraktive junge Frau angesprochen, hätte sie beschwatzt, gekauft, mich an ihr vergriffen. Doch Jerry schlurfte in arktischem Alleinsein herum, so einsam, dass er mit einer Ratte redete.

Trotzdem, während der guten Zeiten, beim Frühstück mit der Zeitung oder wenn wir abends auf dem großen Sessel Musik hörten, verspürte ich manchmal eine neue Art von Glück. Nicht wie das überschäumende Glücksgefühl damals in der Buchhandlung, sondern sanfter und wärmer und beinahe braun.

Gelegentlich ließen wir uns mitreißen und spielten Bird in voller Lautstärke, Jerry am Schlagzeug auf den Armlehnen und ich am Flügel, dass die Tasten qualmten und die ganze Bude wackelte, wie man so sagt. Wir waren so laut, dass der Mann, der nebenan wohnte – sein Name war Cyril, und ihm wuchsen Haare aus der Nase, und manchmal konnten wir ihn nachts schluchzen hören –, mit der flachen Hand an die Tür schlug und brüllte, wir sollten leiser sein. Insgesamt klopfte es in der ganzen Zeit nur drei Mal an unsere Tür, ein Mal war es die Feuerpolizei und zwei Mal Cyril.

Jerry brachte mir eine Menge über Jazz bei, über Improvisation und Übergänge und solche Sachen, und später arbeitete ich das in meine eigene Musik ein. Manchmal spielte ich, während Jerry redete. Ich trug ein weißes Hemd mit blauen Streifen und ein Strumpfband über dem Ärmel, genau wie Hoagy Carmichael in *Haben und Nichthaben,* und ich klimperte leise Hintergrundmusik wie in dem Film, während Jerry seinen Wein trank und von seiner Kindheit in Wilson, im fernen North Carolina, erzählte und von seiner Zeit in der Armee. Er war direkt zu Beginn des Krieges, des Zweiten Weltkriegs, eingetreten. Als man feststellte, dass er vom Land stammte, teilte man ihn zum Remount Corps ein und schickte ihn nach Texas, wo er Mulis abrichten sollte. Eines Tages trat ihm ein großer Grauer namens Peter gegen den Kopf. Der Tritt verschob Jerrys linkes Auge zur Seite, wo es blieb. Neben den ständigen Kopfschmerzen und dem Doppeltsehen verschaffte ihm Peters Tritt einen kleinen Scheck, der jeden Monat mit der Post kam. »Du siehst also, Ernie, dass das verdammte Muli mir einen echten Gefallen getan hat.« Das Wunderbare an Jerry war, dass er immer auch das Gute in allem sah.

Und er erzählte mir, wie er vor dem Krieg in Los Angeles gelebt und als Statist bei einem Film mit dem Titel *Canyon Riders* mitgewirkt hatte. Er redete auch viel über Bücher und die Literaturszene. Er sagte, niemand hätte jemals besser geschrieben als Hemingway, außer Fitzgerald, und der auch nur ein einziges Mal. Und er erzählte mir von den aufregenden Dingen, die an »der Küste« passierten – er meinte die Westküste –, und sagte, Boston sei eine sterbende Stadt.

Ich fand es auch spannend, wenn er über die Revolution sprach, über Joe Hill, Peter Kropotkin und den Paterson-Streik. Einer seiner Lieblingsausdrücke war »nach der Revolution«. Wenn die Leute seine Bücher kauften, entschuldigte er sich dafür, Geld zu verlangen, und verkündete, nach der Revolution wären alle Bücher kostenlos, eine öffentliche Dienstleistung wie die Straßenbeleuchtung. Er behauptete auch, Jesus sei Kommunist gewesen, was manche Leute in Rage brachte.

Jerry redete, und ich hörte zu. Allmählich erfuhr ich immer mehr über sein Leben, während er, wie man gefahrlos sagen kann, immer weniger über meines erfuhr. Dank meiner angeborenen Zurückhaltung hatte er mit meiner Persönlichkeit freie Hand. Er konnte aus mir so ziemlich alles machen, was er wollte, und bald wurde mir schmerzlich klar, dass er in mir hauptsächlich ein niedliches Tier sah, närrisch und ein bisschen dumm, so was wie einen sehr kleinen Hund mit vorstehenden Zähnen. Er hatte nicht die leiseste Ahnung von meinem wahren Charakter, davon, dass ich eigentlich äußerst zynisch war, einigermaßen niederträchtig und ein melancholisches Genie oder dass ich mehr Bücher gelesen hatte als er. Ich liebte Jerry, befürchtete aber, dass seine Liebe nicht mir galt, sondern einem Fantasiegebilde. Mit der Liebe zu Fantasiegebilden kannte ich mich aus. Und in meinem Herzen wusste ich stets, dass er bei unseren gemeinsamen Abenden, wenn er trank und erzählte, in Wirklichkeit Selbstgespräche führte.

Höre ich da ein Glucksen? Sie glauben wohl, Sie hätten mich durchschaut. Ich weiß, ich weiß, was ich weiter vorne gesagt habe – wo ich meine Liebe zu Rissen, mein fast pathologisches Bedürfnis nach Verstecken, meine Vorliebe für Masken eingestand, bezeugte und in meiner perversen Art sogar damit prahlte. Warum also, fragen Sie, beschwere ich mich jetzt, wo mir eine neue Gelegenheit zum Verbergen geboten wird, die goldene Chance schlechthin, mich in den undurchdringlichen Deckmantel des Kuscheltiers zu hüllen? Tja, ich will es Ihnen verraten: Der Unterschied, eine Maske anzulegen, was eine freie Entscheidung ist, und sie sich aufzwingen zu lassen, ist derselbe wie zwischen einem Zufluchtsort und einem Gefängnis. Gerne wäre ich in der pelzigen Rüstung meiner Kuscheltierverkleidung durchs Leben getrippelt, wenn ich davon überzeugt gewesen wäre, dass ich sie jederzeit ablegen, das liebenswerte, niedliche Gesicht abreißen und als das Wesen herausspringen könnte, das ich tatsächlich war. Hi, Jerry, ich bin's! Natürlich hätte ich das nie getan, aber mir gefiel der Gedanke, die Möglichkeit zu haben.

Obwohl ich die Verkleidung tapfer trug, scheuerte sie, und manchmal konnte ich nicht anders, als an den Rändern zu nagen. Wenn ich in dieser Stimmung war, schiss ich an heikle Stellen, auf Jerrys Teller oder sein Kissen. Das störte ihn zwar überhaupt nicht, obwohl er es immer noch nicht kapierte – statt des garstigen kleinen Biests war ich für ihn nur der gute alte Firmin, der ein bisschen Dreck gemacht hatte. Und einmal, als er mich gedankenlos zwischen den Ohren kratzte, drehte ich mich um und biss ihn niederträchtig in den Ringfinger. Inzwischen tut mir das leid. *Ein Wanderer im Garten des Bedauerns.*

Wir verließen das Zimmer nicht nur, um Bücher auf dem Common zu verscherbeln. Einmal gingen wir ins Kino. Das war Anfang September, an einem drückenden, muffigen, bedeckten Nachmittag. Jerry wollte schon gehen und hatte die Tür bereits geöffnet. Ich hockte auf dem Tisch, verputzte den Rest seines Mittagsmahls und las den *Globe* vom Vortag. Er zögerte, drehte sich um und sah mich mit einem Blick an, der zu dem Zeitpunkt zu sagen schien: »Armer alter Ernie, so ganz allein.« Wenn ich jetzt daran zurückdenke, kommt mir der Blick fragender vor, also besagte er vielleicht so was wie: »Wer ist eigentlich dieses Viech?« Das wäre mir lieber. Aber wie auch immer, er kam zurück und hob mich hoch. Er steckte mich in seine Manteltasche, und wir machten uns auf den Weg zum Kino.

Der Gang zum Rialto war auf deprimierende Weise äußerst interessant. Ich hatte ihn noch nie bei Tageslicht zurückgelegt, und während ich unter der Taschenklappe herauslugte, war ich erstaunt, wie zerstörerisch Tageslicht sein kann, vor allem, wenn es trübe und grau und nicht viel anders ist als das Licht, das durch die Scheiben meines Kellers gedrungen war. Und es war nicht nur das Licht. Die Welt, die mir vertraut gewesen war, wie ich glaubte – dunkel, mysteriös, von Schatten durchwoben, sogar romantisch, wenn auch gefahrvoll –, war auf entsetzliche Weise zusammengeschrumpft. Ein dichter Dunstschleier hatte sie aller Farben beraubt. Ferne Ausblicke hatten ihre Tiefe verloren, waren zu glanzlosen Tafeln aus Braun und Grau verflacht. Verwahrloste Gebäude, vernagelte Fenster, mit Müll verstopfte Rinnsteine, verkniffene graue Gesichter. Alles war verschrumpelt, traurig und hässlich. Doch was kümmerte es mich – ich war glücklich, in der Tasche eines der besten Schriftsteller der Welt durch die Straßen von Boston zu schreiten. Natürlich war es nur ein Schlurfen, aber ich sage »schreiten«, weil es die ganze Stimmung einfängt.

Ich hatte alle Filme gesehen, die das Rialto besaß, manche mehrfach, doch ich war selbstverständlich bereit, sie mir noch mal anzuschauen. Als wir an den Kartenschalter kamen, schob mich Jerry tief in die Tasche, daher konnte ich die Plakate nicht sehen und wusste nicht, was gespielt wurde. Ich blieb noch so lange unten, bis er eine Tüte Popcorn und eine Cola gekauft hatte, dann gingen wir ganz nach vorne bis zur ersten Reihe. Außer uns waren nur wenige Menschen im Kino. Der Film fing fast sofort an, und wie es mein Glück wollte, war es der einzige Film, den ich wirklich nicht ausstehen konnte, obwohl er in Technicolor war, was ich normalerweise als Pluspunkt wertete. Er hieß *Die Wildnis ruft* und war eine lange, sentimentale Geschichte über einen armen Jungen und sein zahmes Reh. Im Allgemeinen mag ich keine Geschichten mit Tieren. Doch Jerry war völlig hingerissen, und mir wurde klar, er hatte mich mitgenommen, weil er annahm, dass mir der Film auch gefallen würde, und das machte mich traurig und einsam, obwohl ich mir nichts anmerken ließ. Außer dem Reh und einer Menge Hunde kam in dem Film auch ein großer Bär namens Old Slewfoot vor. Als er auf der Leinwand erschien, blickte Jerry zu mir, um zu sehen, wie ich reagierte. Ich gab mir richtig Mühe, riss den Mund weit auf, warf meine Vorderpfoten in die Luft und ließ mich auf den Rücken fallen. Darüber freute er sich offenbar. Der Film geht endlos so weiter, eine Bedrängnis nach der anderen, bis die Mutter eines Tages, als das Reh zum dritten Mal den gesamten Mais der armen Familie gefressen hat, die Schrotflinte runterreißt und es erschießt. Ich war froh darüber, aber ich sah, dass Jerry sich Tränen wegwischte.

Wir blieben noch für die weiteren Vorstellungen. Wir sahen *Trail to San Antone* und *The Mad Monster,* und es ging auf Mitternacht zu. Ich hoffte, sie würden zum Schluss Ginger Rogers zeigen, damit Jerry die Todes- und Verklärungsszene sehen konnte, stattdessen kam Charlie Chan. Als um Mitternacht der große Chinamann mitten im Satz abgeschnitten wurde, ertönte im Dunkeln das übliche Husten und Scharren. Dann erwachte der Projektor ratternd wieder zum Leben, und die engelgleiche Himmelfahrt begann. Diesmal war es *Männergeile Kätzchen,* einer meiner Lieblingsstreifen. Zwei Hübsche in Katzenkostümen mit entzückenden kleinen Schnurrhaaren und Öhrchen versuchten einen als Ratte oder vielleicht auch als Maus verkleideten Mann zu fangen. Sie jagten ihn durch ein großes Haus, praktisch eine Villa, aber er war zu schnell für sie, sprang über Möbel, kletterte an Vorhängen hoch, schwang sich vom Kronleuchter. Nach einer Weile überlegten sich die Kätzchen eine andere Taktik. Sie taten so, als würden sie die Jagd aufgeben. Sie gähnten und streckten sich und gaben vor, ins Bett zu gehen. Sie schälten sich aus ihren Katzenkostümen, erst die Schultern, dann die hübschen Brüste. Wie schön sie da waren! Als der große Rattenmann sie nackend sieht, kann er natürlich nicht widerstehen und paart sich mit einer nach der anderen und dann mit beiden zusammen. Für gewöhnlich bin ich sehr diszipliniert, wenn es darum geht, dass die Hübschen von etwas so Ekligem wie Menschenmännern bestiegen werden, und wende den Blick bei solchen Szenen ab, aber dieser Film war die Ausnahme, aus offensichtlichen Gründen. Doch ich wusste nicht, ob es Jerry gefallen würde. Daher schaute ich zu ihm hinüber, als sie aus ihren Katzenkostümen schlüpften, um zu sehen, wie er reagierte. Er schlief tief und fest, mit zurückgelegtem Kopf und offenem Mund. Als ich mich im Kino umschaute, entdeckte ich ein paar von den älteren Kerlen in derselben Haltung, und hätte ich es nicht besser gewusst, hätte man Jerry glatt für einen weiteren Wermutbruder auf der langen Rutschpartie ins Nichts halten können.

Kapitel 13

Im Oktober begann Jerry von einem Umzug nach San Francisco zu sprechen. Zuerst dachte ich, das sei bloßes Gerede, bis er eines Tages mit einem Greyhound-Fahrplan nach Hause kam und sich den ganzen Abend darin vertiefte, um zu entscheiden, wo wir unterwegs überall haltmachen würden. Auf der Liste standen, soweit ich mich erinnere, Buffalo, Chicago und Billings. Also nahm ich den Fahrstuhl nach unten in die Buchhandlung und las alles, was ich über San Francisco finden konnte, was nicht mehr viel war. Jerry war optimistisch wegen Frisco. Ich glaube sogar, es war das einzige Mal, dass ich ihn optimistisch erlebt habe; er war im Herzen ein so trauriger Mann.

Ich wusste, dass wir bald abreisen mussten. Der Abstieg durch den Fahrstuhl in den Laden wurde jeden Tag beschwerlicher, und ich merkte, dass ich viel über den Tod nachdachte. Ich überlegte, was wohl passieren würde, wenn Jerry eines Abends heimkäme und mich tot vorfände, mein armer kleiner Körper steif und kalt. Ich glaube, mein Mund hätte über meinen gelben Zähnen etwas aufgestanden. (Für gewöhnlich achte ich darauf, meine Zähne mit der Oberlippe zu bedecken.) Was würde er dann machen? Würde er mich am Schwanz hochheben und mich in den Abfalleimer werfen? Und was könnte er denn sonst tun? Mich im Stadtpark vergraben?

»Was machen Sie da, Mister?«

»Vergrab bloß eine Ratte, Officer.«

»Eine *was*?«

Die Vorstellung, am Schwanz hochgehoben und in den Abfall geworfen zu werden, war mir zuwider.

Aber trotz der melancholischen Untertöne waren es insgesamt noch gute Zeiten, und ich denke jetzt gerne daran zurück. Manchmal spiele ich damit und versuche die Traurigkeit, das Alter und die Einsamkeit auszublenden. Ich mache Jerry wieder jung, gebe ihm das lockige dunkle Haar und das breite Lächeln mit den weißen Zähnen, das er auf dem Foto hatte. Ich trage uns aus dem Zimmer an der Cornhill und lasse uns hoch über Boston fliegen, über den Mississippi und die Rocky Mountains und setze uns in einer Bar oder einem Coffeeshop irgendwo in San Francisco ab – wir sehen die Bucht im Hintergrund glitzern –, und gelegentlich lade ich andere Leute dazu ein, Große wie Jack London oder Stevenson, und dann geht es richtig rund.

Ich glaube immer, alles währt ewig, doch das ist nie der Fall. Tatsächlich existiert alles nur einen Augenblick, außer den Dingen, die wir im Gedächtnis behalten. Ich versuche stets, alles festzuhalten – ich würde lieber sterben, als zu vergessen. Gleichzeitig aber freute ich mich auf San Francisco, darauf, alles hinter mir zu lassen. Und so ist das Leben – man kann seinen Sinn nicht ergründen. Ich war seit sechs Monaten und sieben Tagen bei Jerry. Die Bäume auf dem Common warfen ihre Blätter ab, rotes und gelbes Laub auf dem Gras, traurig und raschelnd, und immer mehr Läden am Square machten zu, Fenster und Türen wurden vernagelt. Überall lag Müll herum, auf den Straßen und in den Rinnsteinen, oder wurde von vorbeifahrenden Lastern wie Blätter hochgewirbelt. Die Nächte waren stiller als zuvor, und ich konnte stets hören, wenn Jerry heimgestapft kam, erkannte seine Schritte auf der Treppe. Sie waren langsamer und schwerer und klangen müder als die der anderen Mieter, selbst die von Cyril, der dick war und Asthma hatte und auch viel Zeit zum Treppensteigen brauchte.

Eines Abends war ich noch wach, lauschte mit halbem Ohr, wie ich es für gewöhnlich tat, und führte Selbstgespräche, als ich die Haustür aufgehen hörte, dann die langsamen, vertrauten Schritte auf der Treppe bis zum ersten Stock, wo sie wie immer Pause machten. Bald, dachte ich, wird er die Tür öffnen, und wenn er nicht zu besoffen ist, wird er das Licht anmachen, sich ausziehen und in seinen Shorts auf den Bettrand setzen, um noch ein wenig mit mir zu plaudern. Er war fast oben, als ich das Geräusch hörte. Ich hatte noch nie jemanden eine Treppe runterfallen hören, aber ich wusste bereits, was es war, noch während es anhielt, dieses lange, polternde Geräusch. Danach war nichts mehr zu vernehmen, bloß Stille, die sich wie eine Decke über alles legte.

Ich wartete darauf, dass alle Türen zum Flur aufgerissen wurden, auf verwirrte Rufe und eilige Schritte. Aber nichts geschah. Das Geräusch von Jerrys Fall erschütterte Gebäude von Revere bis Belmont, doch niemand hatte es vernommen. Und ich hatte keine Möglichkeit, auf den Flur zu gelangen. Obwohl ich wusste, dass es sinnlos war, versuchte ich mich verzweifelt unter dem Türspalt durchzuzwängen und kratzte mit den Pfoten laut über den Boden. Dann zwang ich mich, stillzusitzen, tief durchzuatmen und nachzudenken. Ich musste einen Weg finden, Jerry zu erreichen, wenn ich auch keine Ahnung hatte, was ich anschließend tun sollte. Also nahm ich den Fahrstuhl hinunter in die Zahnarztpraxis und flitzte von Zimmer zu Zimmer in der Hoffnung, von dort auf den Flur zu kommen. Ich wusste, dass etwas Schreckliches passiert war. Mein Leben lang war ich durch eine monströse Fantasie belastet, praktisch verkrüppelt worden, und während ich hierhin und dorthin rannte, sah ich Jerry auf groteske Weise verkrümmt und zerschmettert daliegen, und ich spürte immer und immer wieder, wie er starb. Schließlich rutschte und purzelte ich völlig verzweifelt den gesamten Fahrstuhl bis in den Keller hinunter, kroch unter der Tür in die Gasse hinaus und rannte außen herum zur Haustür unter dem Schild ZIMMER, ohne darauf zu achten, ob mich jemand sah. Doch auch so kam ich nicht hinein. Auf der Tür stand SCHMERZLOSE ZAHNBEHANDLUNG, und irgendwo auf der anderen Seite dieser Worte lag Jerry schmerzverzerrt oder tot.

Also huschte ich zurück in die Buchhandlung, kletterte unter starken Schmerzen – ich hatte überall Prellungen – hinauf in den Ballon und wartete einfach ab. Kurz nach Morgengrauen hörte ich Rufe auf der Straße und dann Sirenengeheul. Es kam näher, und nach einer Weile entfernte es sich, verängstigt und jaulend, um irgendwo westlich vom Square in der Stadt zu ersterben.

Als Shine um neun aufmachte, strömten sie alle herein, und die Köpfe hüpften und nickten um den Schreibtisch wie Äpfel in einem durchgeschüttelten Wasserfass. Eine Weile redeten sie über den Unfall – quatschten alle durcheinander, und das einzig Verständliche, was aus dem Gebrabbel zu mir heraufdrang, war die Aussage, Jerry Magoon sei die Treppe hinuntergefallen und bewusstlos ins Krankenhaus gebracht worden –, dann gingen sie zu anderen Dingen über, zu der gebrochenen Hüfte von Alvins Mutter und zu den Red Sox.

Ich kletterte wieder nach oben in das Zimmer. Mir kam es so vor, als wäre er schon jahrelang fort. Den Deckel von Skippy konnte ich nicht aufschrauben. Auf dem Tisch lag ein ganzes Paket Sunshine-Brot, und ich nagte das Plastik durch und aß etwas davon. Die ganze Nacht lang saß ich auf dem großen Sessel. Um mich von Jerry abzulenken, versetzte ich mich nach Paris und suchte das Haus, in dem Joyce einst gewohnt hatte, aber die Straßenschilder waren geschmolzen, und ich konnte es nicht finden.

Zur Ladenöffnung am nächsten Tag war ich wieder im Ballon. Die Köpfe kamen einer nach dem anderen herein und hüpften. Shine war bereits im Krankenhaus gewesen und hatte sich nach Jerry erkundigt. Man hatte ihm mitgeteilt, er habe den Fall zwar unverletzt überstanden, jedoch einen Schlaganfall erlitten, sei bewusstlos und werde durch einen Schlauch ernährt, und man rechne nicht damit, dass er sich wieder erhole. Er könnte morgen sterben, er könnte auch in einem Jahr sterben.

»Tja«, sagte George, »wenigstens stirbt er dann im Schlaf. Ich hoffe nur, dass ich auch im Schlaf sterbe, verdammt, mitten in einem netten Traum.« Er wollte gerade von dem Traum erzählen, den er haben würde, als Alvin ihn unterbrach.

»Ja, gut, und wenn es mitten in einem verdammten Albtraum passiert?«

»Na, dann ist der Albtraum wenigstens zu Ende«, sagte Shine und stieß ein komisches kleines Lachen aus.

»Da hast du auch wieder recht«, sagte Alvin.

Ich wollte mir keine weiteren traurigen Witze über den Tod anhören, also nahm ich den Fahrstuhl nach oben, aß noch eine halbe Scheibe Sunshine, kletterte auf den großen Sessel und träumte mir Jerry ins Leben zurück.

Ich war mir sicher, dass er nie wieder heimkommen würde, daher nahm ich an, es wäre in Ordnung, wenn ich jetzt in seinen Sachen rumwühlte. Wenn jemand tot ist, oder so gut wie tot, ist das kein Schnüffeln, sondern Recherche. Ich wollte so gern die Geschichte mit der Ratte finden. Seit ich gehört hatte, wie er Norman davon erzählte, war ich mir sicher gewesen, dass diese Geschichte auch eine Antwort für mich enthielt. Eine Antwort worauf? Na ja, ich weiß, es klingt wirklich dämlich, aber ich schätze, dass ich immer noch nach dem Sinn meines lächerlichen Lebens suchte, und ich dachte, vielleicht hätte Jerry den gefunden oder wäre ihm wenigstens auf der Spur, und das wäre der Grund, warum er ein Buch über eine Ratte schrieb. Also kletterte ich zwei Tage nachdem er fort war, auf den Tisch und öffnete das Notizbuch mit dem Titel *Der letzte große Deal* – er hatte während der ganzen Zeit unseres Zusammenseins daran geschrieben –, und von dort sprang ich auf das Bücherregal und zog ein Notizbuch nach dem anderen heraus. Jedes hatte einen Titel und ein Datum in dem weißen Rechteck auf dem Umschlag, bis zurück zum Jahr 1952 – *Die Phönixtaube, Das Kontinuumprojekt, Aufstieg des Hundesterns* –, zweiundzwanzig insgesamt, und in allen dasselbe: Ideen für mögliche Romane, teilweise entwickelte Plots, eine Figur halb ausgeformt, seitenweise Notizen über Hintergrund und hin und wieder ein erster Absatz oder zwei, mehrfach überarbeitet, eine ganze Seite neu formuliert, um ein einziges geändertes Wort einzuarbeiten. Viele der geplanten Romane schienen mit der Zerstörung des Planeten zu enden. Eine Woche lang las ich von morgens bis abends. Nachts musste ich aufhören, weil ich nicht an den Lichtschalter an der Wand herankam. Die Notizbücher waren voll mit wunderbaren Ideen, und während der langen dunklen Nächte verwirklichte ich manche davon in meinen Träumen. Aber es gab keine Geschichte von einer Ratte. Das Wort Ratte kam nicht vor, nicht ein einziges Mal.

Ich hing rum, aß Sunshine und spielte auf dem Flügel. Ich klimperte und dachte dabei an Mam, die verschwunden war, und an den Norman, den es nicht gegeben hatte, und ständig an Jerry, den es nicht mehr gab, und natürlich an mich, der sich nicht sicher war, ob es ihn überhaupt geben sollte.

Zwei Wochen später trafen Jerrys Eltern ein – ich schaffte es gerade noch, unter das Waschbecken zu flitzen, bevor sie die Tür öffneten. Mir war nie in den Sinn gekommen, dass ein so alter Kerl wie Jerry Eltern haben könnte. Sie waren unglaublich alt, beide weißhaarig, gebeugt und vergreist, hatten faltige graue Haut wie Gnome. Sie hatten freundliche Gesichter, vor allem die Mutter, die einst eine hochgewachsene Frau gewesen sein musste, aber jetzt ganz gebückt ging. Sie sahen aus, als wären sie einem Märchen entsprungen, und in meinen Gedanken nannte ich die Mutter die Alte Frau. Sie hatten einen dunkelhaarigen Mann dabei, der jünger war, doch nicht richtig jung, und den ich für Jerrys Bruder hielt, da er auch einen großen Kopf hatte, weshalb ich ihn den Jüngsten Sohn nannte. Der Vater wirkte sehr würdevoll in seinem dunklen Anzug und der Krawatte, er hatte einen breitlippigen Mund, der sich weder oft noch weit öffnete, und wenn, dann nur, um ein paar Worte entschlüpfen zu lassen. Danach schnappte der Mund schnell wieder zu wie eine Falle und hackte die letzten Silben jedes Satzes ab wie den Schwanz eines fliehenden Tiers. Ich nannte ihn den König. Ich beobachtete sie vom Waschbecken aus, während sie alles verpackten, Sachen, die nicht in Kartons waren, in Kartons legten und aus anderen Kartons alles herausnahmen, anschauten und wieder hineinwarfen. Dazu brauchten sie den ganzen Tag. Mit Jerrys

Notizbüchern gingen sie nicht gerade ehrfürchtig um. Sie blätterten nur ein paar Seiten durch und stopften sie in einen Karton.

Das Einzige, was sie zu interessieren schien, war ein Schuhkarton voller Briefe. Sie setzten sich zu dritt auf das Bett, die Mutter mit dem Schuhkarton auf dem Schoß zwischen den beiden Männern. Sie nahm die Briefe nacheinander heraus und las sie laut vor, wobei die beiden Männer zustimmend nickten. Ich brauchte eine Weile, bis ich kapierte, dass es ihre eigenen Worte waren, die sie da las, dass es sich um ihre Briefe an Jerry handelte – schwatzhaft und langatmig, voll mit örtlichem Klatsch (wer geheiratet hatte oder gestorben war, wessen Tochter ausgerissen war und wessen Sohn das brandneue Oldsmobile zu Schrott gefahren hatte), übersät von banalen Fragen (»Und was glaubst Du, wer letzte Woche geheiratet hat?«) und überfrachtet mit Ausrufezeichen, die von der Mutter mitgelesen wurden, als wären es Worte (»Und Sissys Mann Carl wurde wegen zu schnellen Fahrens angehalten, und rat mal, wer bei ihm im Auto saß, Ellen Brunson Ausrufezeichen Ausrufezeichen«). Und bald darauf weinten alle drei, sogar der König, mit herabgezogenem breiten Mund. Damit sah er wie ein trauriger Clown aus. Die Mutter las trotzdem weiter, was es noch schlimmer machte. Nichts von Jerrys Sachen hatte sie zum Weinen gebracht, nicht mal seine armselige, zerlumpte Unterwäsche und schon gar nicht seine rührenden, halb leeren Notizbücher. Ich schätze, sie weinten in Wirklichkeit über sich selbst und ihre entschwundene Vergangenheit. Ich kann mir nicht vorstellen, dass meine Familie über irgendwas weinen würde. In mancher Hinsicht sind Menschen nicht gerade vom Glück begünstigt. Während ich sie unter dem Waschbecken hervor beäugte, wie sie da alle drei weinend auf dem Bett saßen, die Mutter und der Vater und der Sohn, benannte ich sie um in die Heilige Familie.

Später am Nachmittag kamen zwei Männer und schleppten alles fort – die Bücher, Notizbücher, die Möbel, selbst die Töpfe und Pfannen, alles bis auf den Abfalleimer und den Flügel. Wahrscheinlich dachten sie sich, dass niemand einen rostigen Abfalleimer oder einen kaputten Kinderflügel haben wollte. Der Abfalleimer war mir egal, weil ich nichts wegzuwerfen hatte, aber über den Flügel freute ich mich.

Kapitel 14

DA ICH DAS SUNSHINE ÜBERHATTE, machte ich mich wieder im Rialto auf Futtersuche. Dort wurden immer noch dieselben Filme gezeigt, aber es gab weniger Zuschauer, falls man sie so nennen will, und weniger zu essen auf dem Boden. Ich hatte sowieso nicht viel Appetit, weder auf Popcorn noch auf Snickers oder sonst was. Und ich verbrachte auch immer weniger Zeit in der Buchhandlung. Sie deprimierte mich, und Shine stieß mich ab. Ich schleppte mich nur ziellos und voller Trauer herum. Nicht die Art Trauer, bei der man schluchzt und sich die Haare rauft. Ich empfand nur noch Langeweile. Das Leben langweilte mich, Literatur langweilte mich, sogar der Tod langweilte mich. Bloß mein kleiner Flügel langweilte mich nicht, und während die Wochen dahingingen und der Buchverkauf immer schleppender und trauriger wurde, verbrachte ich die meiste Zeit damit, auf den Tasten herumzuklimpern und vor mich hin zu singen. Manchmal vergaß ich zu essen, oder ich vergaß es nicht, fand es aber zu anstrengend, den Fahrstuhl bis nach unten zu nehmen und mich durch die raucherfüllten Straßen zum Rialto durchzuschlagen. Wenn ich mit den Pfoten an mir entlangstrich, spürte ich die Rippen, die wie die schwarzen Tasten des Flügels hervorstanden. Immer weniger Kunden kamen zu Pembroke Books; selbst das literarische Pornogeschäft ging zurück. Und Shine hörte schließlich mit den Einkäufen auf – kein Nachlassverkauf mehr, kein Kratzen der Stoßstange des Kombis auf dem Bürgersteig. Und die verzierte, antike Registrierkasse verschwand, verkauft an einen Antiquitätenhändler in Back Bay. Jetzt verwahrte Shine das Wechselgeld in einer grauen Metallkassette. Jeden Tag gab es weniger Bücher in den Regalen, dafür mehr Lücken. Kein Dostojewski mehr unter D, kein Balzac mehr unter B. Einer nach dem anderen verließen die Großen das sinkende Schiff. Shine gab sich immer noch tapfer, aber ich erinnerte mich an die alten Zeiten und merkte ihm an, dass er es nur noch mechanisch tat.

Die Räumungsbefehle wurden Block für Block zugestellt, und nach jeder Benachrichtigung wurden mehr Fenster vernagelt; Umzugswagen fuhren vor, weitere Gebäude brannten ab, Ruinen schwelten, und auf den leeren Grundstücken flackerten Abfallfeuer. An den verrammelten Häusern hingen gelbe Schilder mit der Aufschrift: BETRETEN VERBOTEN, EIGENTUM DER STADT BOSTON, UNBEFUGTES EINDRINGEN WIRD STRAFRECHTLICH VERFOLGT. Westlich des Square fehlten ganze Häuserblocks, man konnte viel Himmel sehen, und nachts weinten die Sterne. Die Ladenbesitzer, Alvin und George und einige, deren Namen ich nicht kannte, standen um Shines Schreibtisch, tranken Kaffee, zuckten mit den Achseln und jammerten. Alvin sagte: »Zustände wie im verdammten Russland«, und alle stimmten zu und nickten, und dann sagte jemand: »Gegen die vom Rathaus kann man nicht ankämpfen«, und alle nickten wieder. George sagte, es wäre dämlich, sich über etwas aufzuregen, wogegen man sowieso nichts machen könne, und auch dem stimmten alle zu. Dann begannen sie über Bernie Ackermans Herzanfall zu reden und waren zu Magengeschwüren übergegangen, als Shine, der seit einer Weile geschwiegen hatte, so leise sprach, dass alle zuhörten.

»Tja, zum Teufel noch mal, ich werde irgendwas tun«, sagte er. »Ich werde hier nicht auf meinem Arsch sitzen bleiben, während sie mich mit meinen Möbeln rausschleppen.«

Natürlich wollten alle wissen, was er tun würde, aber er wollte es ihnen nicht verraten. Er sagte nur: »Irgendwas.« Und dann sagte er: »Ihr werdet schon sehen.«

Nun wusste ich ja alles über die Erhebungen, Hinweise auf Zerstörungstrieb und Heimlichtuerei, die Shine an seinen Schläfen verbarg, und ich hatte meine bourgeoise Phase längst hinter mir, daher war ich trotz meiner momentanen Aversion gegen seine Charakterzüge ganz erregt wegen seiner Worte. Denn eines wusste ich sicher – Norman Shine fürchtete sich vor niemandem. Ich dachte an Barrikaden, umgestürzte, brennende Autos in den engen Straßen, Molotowcocktails. Oder vielleicht ein großer, moralischer Kampf, wie ihn die Schwarzen im Süden austrugen, worüber ich im *Globe* gelesen hatte, ein gewaltloser Sitzstreik vor dem Laden – Shine, Sweat, Vahradyan mitten auf der Straße, Stripperinnen in Faltenröcken und Strickjacken, die ihnen Sandwiches brachten, jede Menge Reporter, ein Aufwallen öffentlichen Mitgefühls, ein Bürgermeister mit rotem Gesicht. Irrtum.

Ein paar Tage nachdem er verkündet hatte, irgendwas zu tun, hängte Shine ein großes, handgeschriebenes Schild ins Schaufenster.

Bücher umsonst
So viele Sie in 5 Minuten raustragen können

Das nannte er also »irgendwas tun«. Alle Bücher auf diese Weise zu verschenken war so großzügig und zeugte von so tiefer Verzweiflung, dass ich mich beinahe wieder in ihn verliebte. Kostenlose Bücher, wie nach der Revolution. Ich wünschte, Jerry hätte das erleben können. Das Schild hatte eine sofortige Wirkung – erstaunlich, wie alles, was gratis ist, die Leute in Bewegung setzt –, und in den nächsten fünf Tagen herrschte Chaos. Nachdem der *Globe* einen Artikel darüber gebracht hatte, kamen so viele Leute für ihre fünfminütige Plünderung in die Buchhandlung, dass berittene Polizisten eingesetzt werden mussten, um die Menge in Schach zu halten, die sich irgendwann die ganze Cornhill hinunter bis um die Ecke drängte. Sie kamen ausgerüstet mit Papiertüten, Rucksäcken, Pappkartons, sogar Koffern, und schleppten alles ab. Einige ließen sich dazu hinreißen, Bücher mitzunehmen, die sie eigentlich gar nicht wollten, und am Abend nach Ladenschluss war die Straße übersät von weggeworfenen Büchern. Shine ging mit einer Papiertüte hinaus und sammelte sie alle ein, und wenn sie nicht zu beschädigt waren, stellte er sie ins Regal zurück, bereit für den Ansturm des nächsten Tages. Den Rest warf er weg. Anfangs war es aufregend, und dann war es traurig. Es war traurig, nachts durch den Laden zu gehen, ein Ort, an dem ich mein ganzes Leben verbracht hatte, mein eigentliches Zuhause, und all diese leeren Regale zu sehen. Ganz besonders traurig war es am Sonntag, als es regnete. Ich ging hinunter, setzte mich auf das rote Kissen auf Shines Stuhl und sah zu, wie der Regen in schmutzigen Rinnsalen über die staubige Scheibe lief. Ich legte das Kinn auf die Pfote und dachte an den französischen Dichter Paul Verlaine und sein berühmtes Gedicht über den Regen, der auf die Stadt fällt. Wenn es regnet, heißt es in dem Gedicht, weint das Herz. Ich wusste genau, was er meinte, obwohl es da um Paris in Frankreich ging und das hier der Scollay Square in Boston war. Und in dem Moment vermisste ich Norman am meisten. Mir fehlten unsere Unterhaltungen beim Kaffee, meine Füße in Troddelslippern auf seinem Schreibtisch, gemütlich in dem warmen, erleuchteten Laden, während draußen der Regen fiel. Manchmal rief ich ihn zu einem Besuch zurück, und wir sprachen über den Fall Shine, seine Triumphe und seine Misserfolge, aber es war nicht dasselbe wie damals, als ich noch an Norman geglaubt hatte.

Die meisten Abende verbrachte ich inzwischen auf dem Rücken liegend, alle viere von mir gestreckt, träumte und hing meinen Erinnerungen nach, oder ich saß am Flügel, hing meinen Erinnerungen nach und träumte. Ich merkte, wie sich meine Träume veränderten. Sie wurden sanft und nostalgisch, mit einer Art dämmrigem Flackern um die Ränder, und ich erlebte kaum noch aufregende Abenteuer. Die Vergangenheit fehlte mir schrecklich, auch das, was furchtbar war. Ich vergesse nie etwas, was mir passiert ist, und kaum etwas, was ich gelesen habe, also hatte ich inzwischen eine unglaubliche Menge an Erinnerungen angehäuft. Mein Gehirn war wie ein riesiges Lagerhaus – man konnte sich darin verlaufen, die Zeit vergessen, in Kartons und Kisten schauen, knietief im Staub waten und tagelang den Ausgang nicht mehr finden. Kurz nachdem ich damals bei Jerry eingezogen war, hatte ich begonnen, mit der Vergangenheit zu spielen, hatte sie hier und da zurechtgebogen, um eine realistischere Geschichte daraus zu machen, und ich hatte begonnen, meine Erinnerungen mit meinen Träumen zu verweben. Das war vermutlich ein Fehler, denn je mehr ich mit ihnen spielte, desto mehr glichen sie einander, und es fiel mir immer schwerer, die Dinge, an die ich mich erinnerte, von denen zu trennen, die ich erfunden hatte. Ich war mir jetzt zum Beispiel nicht mehr sicher, welche der Figuren wirklich Mam war – die fette, gierige, oder die dünne, liebevolle – und ob sie Flo oder Deedee oder Gwendolyn geheißen hatte. Diese ganzen Archive existierten nur in meinem Kopf. Ich konnte sie nicht von außen überprüfen, hatte kein Tagebuch, keinen alten Freund der Familie. Wie konnte ich sie nachweisen? Mir blieb nichts anderes übrig, als ein geistiges Bild mit einem anderen geistigen Bild zu vergleichen, ein jedes suspekt, und am Ende verhedderten sie sich alle ineinander. Mein Kopf war ein Labyrinth, verlockend oder erschreckend, je nach Stimmung. Ich verlor den Halt, und das Seltsame war, dass es mir nichts ausmachte.

Alles ging rasch dem Ende entgegen. Das Schiff sank, und eine Woche nachdem Shine begonnen hatte, Bücher über Bord zu werfen, brannte das Old Howard, ein Theater, das vor langer Zeit in ganz Amerika berühmt gewesen war. Auf meinem Weg zum Rialto war ich oft an dem verlassenen Gemäuer vorbeigekommen. Mit der grauen Steinfassade und den riesigen gotischen Fenstern sah es wie eine Kirche aus, bis auf das große, halb über die Straße ragende Schild, auf dem Glühbirnen die Worte THE OLD HOWARD bildeten. Ich hoffte immer, jemand würde das Licht anknipsen, aber das geschah nie. Und das Old Howard sah nicht von ungefähr wie eine Kirche aus – als solche war es von den Milleriten gebaut worden, einer religiösen Sekte, deren Fanatiker glaubten, die Welt würde untergehen. Womit sie natürlich nicht unrecht hatten. Aber anhand der Bibel und einer Menge zweifelhafter Berechnungen hatten sie sich zusammengereimt, dass es am 22. Oktober 1844 passieren würde. In Vorbereitung auf dieses Ereignis hatten Tausende wahre Gläubige ihren gesamten Besitz verkauft und dann diese gewaltige, festungsähnliche Kirche erbaut, um an einem sicheren Ort zu sein, wenn es geschah. Ich las zu gerne über diese Leute. Sie waren genau wie ich, schleppten die ganze Zeit dieses gewaltige Unheilsgefühl mit sich herum. Als die Sonne am 23. Oktober aufging, genau wie am Tag zuvor, waren sie natürlich sehr enttäuscht. Sie verkauften die Kirche, und ich weiß nicht, was dann aus ihnen geworden ist. Bestimmt kam ihnen das Leben danach sehr langweilig vor. Die Kirche wurde zu einem Theater – Edwin Booth trat dort auf –, zu einem Vaudeville-Haus und schließlich zu einem Striplokal. Im Jahr 1952, was immer noch lange vor meiner Zeit war, schloss die Stadt es. Man behauptete, die Vorführungen wären anstößig und unmoralisch. Man hatte es vor allem auf Sally Keith abgesehen, die Troddel an ihren Titten und Pobacken wie Flugzeugpropeller in beide Richtungen wirbeln lassen konnte. Ich wünschte, ich hätte das sehen können. Danach war das Howard nur noch ein Rattenhaus. Die Hälfte aller Ratten vom Square lebte dort.

Und jetzt ging die Welt tatsächlich unter, und das Howard mit ihr. Ich war im Ballon, als es brannte. Aus allen Läden kamen sie herausgerannt, um das Feuer zu sehen. Selbst Shine lief raus, sprang einfach auf und schloss die Tür hinter sich ab. Es war mitten am Tag, und er hängte nicht mal das Schild »Bin gleich zurück« auf. Hätte ich es nicht bereits gewusst, dann hätte mir allein das schon verraten, dass er mit dem Buchgeschäft durch war. Wir waren es beide. Die Feuerwehrsirenen heulten den ganzen Nachmittag, und als ich abends dort vorbeiging, standen nur noch die Außenmauern als rauchende Ruine, und die ganze Straße war voll schlammiger Asche. Ein paar Leute marschierten im Matsch auf und ab, hielten Schilder, auf denen RETTET DAS OLD HOWARD und ERHALTET UNSER ERBE zu lesen war. Mir war es nie sonderlich erhaltenswert vorgekommen, und ich hatte nichts übrig für das Rattenpack, das dort hauste. Weg mit Schaden, dachte ich. Bei Tagsanbruch, als sie mit einem großen Kran kamen, rauchte die Ruine immer noch. Am Stahlkabel des Krans war eine riesige Eisenkugel befestigt, und als der Kran seinen Arm vor und zurück schwenkte, begann die Kugel zu schwingen, und sie schwang höher und höher, bis – die Kugel im Rückschwung – der Kran plötzlich vorwärts ruckte und die Kugel nach vorn und nach unten schwang und gegen die Seitenmauer des Old Howard knallte. Die Mauern müssen wirklich bombenfest gewesen sein, weil es nicht gelang, sie mit dem Kran einzureißen. Daraufhin wurden die Pioniere gerufen, die Dynamit unter die Mauern packten und es hochgehen ließen. Das machten sie drei Mal, und jedes Mal krachte eine andere Mauer ein. Schwaden von Asche und Staub rollten mehrere Blocks weit durch die Straße und machten die schmutzigen Gebäude noch ein bisschen schmutziger.

Am nächsten Morgen gab General Logue das Signal, und die schweren Räumfahrzeuge begannen den endgültigen Angriff auf den Square, nagten seine Ränder an, fraßen ein Gebäude nach dem anderen. Sie setzten Kräne mit Abrissbirnen und riesige, gepanzerte Bulldozer ein, deren Fahrer Helme und Schutzbrillen trugen und in Stahlkäfigen saßen. Jedes Mal, wenn ein Gebäude zusammenkrachte, jubelten die Arbeiter und luden dann die Trümmer zum Abtransport auf gewaltige Kipplaster. Das ging wochenlang so. Die Straßen waren voller Rauch und Staub, Maschinen röhrten, und hin und wieder ließ ein enormer Rums die Schaufensterscheibe erzittern, und das war das Dynamit.

Für Ratten ist Frieden sowieso dem Krieg schon sehr ähnlich, daher setzten die meisten ihr Leben fort, so gut sie konnten. Die durchschnittliche Ratte sieht kaum einen Unterschied zwischen einem intakten Gebäude und einem Schutthaufen, nur bietet der Schutthaufen bessere Verstecke. Wenn ein Haus zusammensackte, zogen sich die Ratten in die Ruinen des Kellers zurück, in zerstörte Abflüsse und Ritzen im Schutt. Der *Globe* brachte einen Artikel über die Ratten in den Ruinen, woraufhin Logue weiß gekleidete Teams einsetzte, um die Ratten mit Giftgas zu vernichten, das sie durch Schläuche in den Schutt pumpten. Da begann der Exodus ernsthaft. Jeden Abend kam ich an langen Flüchtlingsströmen vorbei, manchmal ganze Familien. Der Artikel im *Globe* hatte die Überschrift ABRISS FÖRDERT RATTENNATION ZUTAGE und bezeichnete das ganze Gebiet als »heruntergekommen und ratteninfiziert«.

Infizieren ist ein interessantes Wort. Gewöhnliche Menschen infizieren nicht, können nicht infizieren, selbst wenn sie es versuchten. Niemand infiziert, außer Flöhe, Wanzen und Ratten. Wenn man sich infiziert, hat man es sich selbst zuzuschreiben. Eines Tages unterhielt ich mich mit einem Mann in einer Bar, und er fragte mich, womit ich meinen Lebensunterhalt verdiente. Ich antwortete: »Ich infiziere.« Ich fand das ziemlich ironisch, aber der Mann kapierte es nicht. Er dachte, ich hätte gesagt, »ich investiere«, und er bat mich um Tipps, wo er sein Geld anlegen solle. Ich riet ihm, in das Baugewerbe zu investieren. Der Idiot.

Und dann machte das Rialto dicht. Als ich eines

Abends hinkam, war alles dunkel. Keine Hübschen mehr und kein Popcorn. Jetzt musste ich die Straßen und Ruinen durchstöbern wie alle andern, und ich sah immer öfter tote Ratten, manche mitten auf dem Bürgersteig. Futter wurde knapp, meist gab es nur Reste vom Lunch der Arbeiter, und da begann das Entsetzliche. Einige der hungrigen Ratten fraßen die Kadaver ihrer Artgenossen, wie Schakale. Ich schämte mich für sie, und gleichzeitig schämte ich mich dafür, dass ich mich schämte. Selbst in meinen besten Zeiten war ich weder stark noch schnell. Jetzt humpelte ich und war nicht mehr jung. Ich hatte die ganze Zeit Hunger. Wann würde ich anfangen, mich von Kadavern zu ernähren? Oder war ich durch allzu menschliche Skrupel verkümmert, ein Monster bis zum Schluss? Nachts waren die Rinnsteine voll fliehender Ratten. Ich meinte, zwei meiner Brüder zu erkennen, aber ich war mir nicht sicher. Es war lange her, und Ratten sehen alle ziemlich gleich aus. Manchmal kam ich auf meinen Wanderungen an noch stehenden Gebäuden vorbei, deren Fassade weggerissen war, alle Räume nach vorne offen, einige noch möbliert, mit Tapeten an den Wänden und Badezimmern mit Waschbecken und Toilette. Sie wirkten wie riesige Puppenhäuser.

Eines Morgens betrat Shine den Laden in Begleitung zweier Männer in Overalls. Die Männer nahmen den Schreibtisch und den Stuhl und alle Bücherregale mit, die nicht an den Wänden festgeschraubt waren, luden alles in einen großen Laster mit der Aufschrift Mayflower und fuhren los. Nachdem sie fort waren, wanderte Shine noch eine Weile durch den Laden. Diesmal weinte er nicht. Auf dem Boden lagen immer noch ein paar Bücher verstreut, die er aus dem Weg kickte. Dann ging er hinaus und schloss die Tür ab. Er steckte den Schlüssel in die Jackentasche und verschwand um die Ecke. Ich sah ihn nie wieder.

Kapitel 15

Zu diesem Zeitpunkt hatte ich immer noch die Absicht, Shines Beispiel und dem Hunderter meiner Artgenossen zu folgen. Jeden Moment, dachte ich, hau ich von hier ab. Möglicherweise könnte ich irgendwo eine andere Buchhandlung finden, vielleicht auf der anderen Seite des Flusses in Cambridge, oder zum Common gehen und mich bei einem von Jerrys alten Kumpeln einschleimen. Und doch war da etwas, das ich mir selbst nicht erklären konnte, eine Art Lethargie oder Erstarrung, die mich am Weggehen hinderte, und jeden Tag schob ich es wieder hinaus. Es gelang mir immer noch, genügend Futter zusammenzuklauben, um durchzukommen, aber so richtig satt wurde ich nicht. Die Zerstörung hatte jetzt die Brattle Street erreicht, und es war klar, dass sie in wenigen Tagen auch über die Cornhill hereinbrechen würde. Ich fühlte mich sehr müde und alt. Ein Rattenleben ist kurz und beschwerlich, schmerzensreich, aber schnell vorbei, kommt einem jedoch lang vor, solange es anhält. Tagelang, wenn ich nicht auf den Straßen hinter dem dürftigen Futter herjagte, wanderte ich im leeren

Laden herum. Zu lesen gab es kaum noch etwas, nur ein paar langweilige religiöse Broschüren. Ich las sie trotzdem.

Seit zwei Tagen schüttete es, der Regen hatte Staub und Schutt von den Trümmern gespült und schlammige Bäche auf der Straße gebildet. Regentropfen warfen schräge Schatten auf die am Boden von Pembroke Books liegenden Überreste mehrerer Mahlzeiten, die ich von der Straße reingeschleppt hatte, Bröckchen und Krümel vermischt mit den Resten und Abfällen des Rattenlebens – verschmiertes Einwickelpapier, eine fettige Speckschwarte, Erdnussschalen, Pizzarinden. Wegen des Regens hatten die Männer ihre Arbeit eingestellt, das Dröhnen der Maschinen war verstummt, und jetzt war nur noch das Prasseln zu hören. Ich war aufgewühlt und deprimiert und verbrachte den Morgen damit, im Laden auf und ab zu humpeln, auf und ab. Der Regen ließ nicht nach; mittags wurde es bereits dunkel, und ich beschloss, nach oben zu gehen und auf dem Flügel zu spielen. Der Aufstieg durch den Fahrstuhl fiel mir schwer, und in der Stille war mein Atem sehr laut.

Das Licht im Zimmer war anders. Das fiel mir bereits auf, als ich die Nase aus dem Loch steckte. Es regnete nicht, und Sonnenlicht strömte durch das offene Fenster. Die Möbel waren alle wieder da, das Bett und der Tisch mit der Emailleplatte, der alte Ledersessel, die Bücherregale und alle Bücher. Die Schranktür war angelehnt, und drinnen stand wieder der ganze alte Plunder. Der rostige Abfalleimer war immer noch da, genau wie mein angeschlagener und zerkratzter Flügel. Jerry, dachte ich, Jerry kommt nach Hause. Ich formulierte das Wort AUFERSTEHUNG und ließ es erstrahlen. Ich setzte mich ans Klavier, klimperte ein wenig herum, um meine alten Finger zu lockern, und wartete darauf, die Schritte auf der Treppe zu hören; dann legte ich mit Cole Porter los, »Miss Otis Regrets« und »My Heart Belongs to Daddy«. Am Ende wäre ich lieber Cole Porter als Gott. Ich ging zu Gershwin über und »I Got Rhythm«, und bald war ich richtig in Fahrt, der Flügel hüpfte, und ich hopste auf der Bank herum und sang aus voller Kehle. Aber sosehr ich mich auch in der Musik verlor und mir Bilder so schnell zwischen den Ohren hinein und hinaus schossen, dass mir schwindelig wurde, nahm ich doch wahr, dass jemand ganz leise eingetreten war und jetzt auf dem Bett hinter mir saß. Ich spürte das Zuhören. Jerry, dachte ich. Ich sang weiter, und während ich sang, drehte ich langsam den Kopf und schaute hin.

In Farbe hatte ich sie noch nie gesehen, und im ersten Moment erkannte ich sie nicht. Sie saß auf dem Bett, die Hände im Schoß gefaltet, mit Ringen an den Fingern. Sie trug das schwarze Kleid aus *Swing Time*. Ich hatte es hinreißend gefunden, wie sie damals aussah und wie das wirbelnde Kleid bis an ihre Hüften hochschwang, wenn sie tanzte. Das Kleid gab mir den Hinweis darauf, wer sie war. Sie hatte sich sehr verändert. Nur ihre Stimme war noch dieselbe. »Oh, das ist himmlisch«, sagte sie, »bitte hör nicht auf.« Also spielte ich weiter, noch mal das ganze Stück, diesmal mit meinen eigenen Variationen, und dann stand ich auf und verbeugte mich. Ich machte die Handzeichen für Auf Wiedersehen Reißverschluss und sah, dass sie verstand. Sie lachte, und das war ein ganz anderes Lachen als Ihr Lachen. Sie war immer noch schön, obwohl ich sehen konnte, dass etwas Schweres, Zeit oder Traurigkeit, sich in schwachen Ringen unter ihr Kinn und in feinen Fältchen um ihre Augen gelegt hatte. Sie waren blau.

Ich trat ans Fenster. Draußen war es dunkel. Sie kam zu mir herüber und stellte sich hinter mich. Ich spürte ihren Blick. Das schwarze Kleid blähte sich wie eine Wolke hinter mir. Ich kam mir sehr groß vor.

Vor dem Fenster lag eine riesige Schuttebene, wie auf den Bildern von Hiroshima, die sich bis zum Horizont erstreckte. Ich war erstaunt, dass die Zerstörung so weit fortgeschritten war; das war nicht geplant gewesen. Von der Gasse unter meinem Fenster bis dorthin, wo sie an den Himmel stieß, breitete sich eine steinige Prärie aus. Sie bestand aus abgerissenen Häusern, zerhackt in Fenster, Türen, Treppenstufen, Bretter, Ziegel, Türknäufe, und diese wiederum in so winzige Stücke zermahlen, dass sie nicht mal Namen hatten, ausgebreitet und zermalmt und platt gewalzt, bis sie keinen Sinn mehr ergaben und nur noch Schutt und Leere da war, und mittendrin stand das Casino Theater. Es war angestrahlt, und man sah die Narben an den Seitenwänden, wo die Nebengebäude weggerissen worden waren. Da es keine Straße mehr gab, war es ein Gebäude ohne Adresse. Ich gab ihm den Namen Das letzte Standhafte. Rechts und links vom Kartenschalter befanden sich die beiden Engel, die ich zum ersten Mal in der Nacht gesehen hatte, als Mam Luweena und mich auf Erkundungstour mitnahm. Die Engel trugen über ihren Brüsten und Unterleibern noch immer die schwarzen Balken, das eine Bein wie zum Tanzen angehoben. Musik, schwach und blechern wie aus einer Musikbox, drang aus dem Gebäude und wehte über den Schutt. Das war unglaublich traurig, die nostalgische, abgetakelte Trostlosigkeit eines alten Zirkus kurz vor dem Bankrott. Das ganze Theater war erleuchtet. Auf der Markise standen in weißer Leuchtschrift, bei der nicht eine Birne fehlte, die Worte DER NÄCHSTE GROSSE DEAL und darunter ALLE KARTEN ZUM HALBEN PREIS.

Am Kartenschalter standen die Leute an, in Dreier- und Viererreihen, und die Schlange wand sich über das ganze Schuttfeld. Und immer noch kamen mehr, allein oder zu zweit, strömten von allen Richtungen aus der Dunkelheit. Sie trugen Bündel und Koffer, und manche führten Kinder an der Hand. Sie waren froh, den erleuchteten Bereich um das Theater zu erreichen, aber niemand rannte, und sie machten kein Geräusch, oder nur kleine Geräusche wie Wimmern und Kratzen, die von der Musik übertönt wurden, so leise sie auch war. Hunderte Menschen schlurften nacheinander schweigend zwischen den Engeln hindurch, die beide ein Bein wie zum Tanzen anhoben. Ich pinnte FLÜCHTLINGE unter das Bild. Und ich dachte, Jerry hätte seinen Spaß daran gehabt.

Ginger stand neben mir am Fenster. Ich überlegte gerade, ob sie es auch sehen konnte, da sagte sie: »Dort arbeite ich. Jeden Abend ziehe ich in einer Nummer namens ›Der Tanz am Ende der Welt‹ meine Kleider aus. Dabei geraten sie völlig aus dem Häuschen.«

Ich dachte, *du* arbeitest als Stripperin?

»Nur als Nachtjob.«

Also kannst du meine Gedanken lesen.

»Deine Gedanken und mehr als deine Gedanken – woran du glaubst und was du begehrst.«

Ich glaube an gar nichts.

»Du glaubst, dass du eine Ratte bist.«

Die Musik wurde plötzlich lauter, schwoll zu einer langsamen Swingmelodie mit vielen Blechbläsern an.

»Hier, das ist für dich«, sagte sie und gab mir eine Schachtel Popcorn. Die Schachtel war rot und weiß, mit dem Bild eines Clowns drauf, von dessen Hut Popcorn wie aus einem Geysir schoss.

Und dort, mitten in Jerrys altem Zimmer, begann sie zu tanzen. Ich hatte sie nie so tanzen sehen, außer vielleicht manchmal in meinem Kopf. Es war einer dieser schrittlosen Tänze, die meine Hübschen nach Mitternacht im Rialto aufführten, ein aufreizendes Wackeln mit den Hüften zu einem langsamen, harten Rhythmus. Ich kletterte mit meinem Popcorn auf den Sessel und schaute zu. Sie trat aus ihrem Kleid, hob es mit dem Zeh auf und ließ es in eine Ecke fliegen. Unter dem Kleid trug sie nichts. Sie tanzte nackt und streichelte das pelzige Rattennest zwischen ihren Beinen. Ihre Augen waren halb geschlossen, die Lippen geöffnet. Diesen Ausdruck habe ich nie ganz verstanden, nehme aber an, dass er auf ein spezielles menschliches Verlangen hindeutet. Es tat mir leid, dass wir keinen Teppich hatten, damit sie den Teil auch noch ausführen konnte. Und dann kam sie zu mir, hob mich hoch, und wir tanzten zusammen. Sie tanzte, und ich schwebte.

Sie hielt mich zwischen ihren Brüsten. Ich vergrub meinen Kopf in ihrem Duft, der mich an nasses Leder erinnerte. Wir wiegten uns und wirbelten herum, als würden wir fliegen. Und die Wände des Zimmers weiteten sich wie eine Bühne, und wir tanzten in einem riesigen weißen Raum. Ich schloss die Augen und stellte mir vor, wir flögen über die Stadt, und alle Leute auf der Straße schauten hoch und zeigten auf uns. So etwas hatten sie noch nie gesehen – ein nackter Engel, der eine Ratte an die Brust drückt. Wir tanzten lange, wir tanzten schneller, die Musik wurde lauter, es war Wahnsinn und Raserei. Dann hörte es plötzlich auf. Die Stille fiel krachend herab, und die Wände schoben sich wieder an ihren Platz. Ginger ließ sich rückwärts aufs Bett fallen. Sie lachte, drückte mich noch immer an sich. Ich spürte, wie sich ihr Brustkorb unter mir hob und senkte. Und ich spürte, wie sich der Griff ihrer Finger um meinen Rücken lockerte, und als ich hochschaute, waren ihre Augen geschlossen. Ich wand mich aus ihrem Griff und kroch langsam zu ihrem Gesicht, sog den Geruch ihres Halses ein und dann den warmen Geruch ihres Atems. Kleine Schweißperlen glitzerten auf ihrer Oberlippe, und ich trank sie, eine nach der anderen. Sie waren salzig. Aus meiner Lektüre wusste ich, dass Tränen genauso schmeckten.

Sie setzte sich auf und warf mich rückwärts aufs Bett.

»Die Zeit ist um«, sagte sie und ging quer durch den Raum zu ihrem Kleid. Sie beugte sich vor, und ich sah, wie sie mit den Beinen in eine schwarze Hose schlüpfte.

Was ist mit dem Kleid passiert?

Sie antwortete nicht. Nach der schwarzen Hose kam eine weiße Bluse, dann ein schwarzes Jackett, das zu der Hose passte. Sie wollte gehen. Wäre ich ein Mann gewesen, hätte ich mich ihr zu Füßen werfen, ihre Fußgelenke umklammern und schluchzen können. Ich wollte nicht, dass sie ging. Niemals.

Geh nicht.

Ihr Gesicht wurde hart. »Sei nicht albern, Firmin. Das ist wirklich das Ende.«

Nein. Ich bring dich schon dazu, bei mir zu bleiben. Schau her.

Ich führte ihr all meine Tricks vor. Wegen meines verletzten Beins und meines Alters und meines schweren Kopfes bekam ich keinen vollständigen Salto mehr hin, landete dabei jedes Mal auf dem Rücken, was sie zum Lachen brachte. Dann holte ich ein Buch und tat so, als würde ich lesen. Sie lachte wieder. Aber sie würde trotzdem gehen. Durchs Fenster sah ich, dass der Morgen graute.

»Der Job im Casino ist Nachtarbeit. Tagsüber arbeite ich für die Stadt.«

Du arbeitest für *die*? Aber, Ginger, das kannst du nicht machen. Die sind der Feind.

»Jeder hat zwei Jobs, Firmin, einen Tagesjob und einen Nachtjob, weil alles zwei Seiten hat, eine dunkle und eine helle. Du, die, ich. Niemand kann dem entkommen.«

Dann bemerkte ich eine riesige Aktentasche auf dem Metalltisch. Sie öffnete sie, blätterte in amtlich wirkenden Formularen herum, zog schließlich eines heraus und hielt es mir hin. »Jeder ist sein eigener Feind, Firmin, das solltest du inzwischen wissen.«

Sie legte das Formular vor mir auf den Boden. Ich stellte mich darauf und las RÄUMUNGSBEFEHL.

Ich ließ den Blick zum letzten Absatz auf der Seite wandern. »Und demgemäß hat die Ratte Firmin, Unbefugter, Vagabund, Asozialer, Pedant, Voyeur, Büchernager, lächerlicher Träumer, Lügner, Windei und Perverser, hiermit diesen Planeten zu räumen.« Unterschrieben von General Logue persönlich.

Warum gibst du mir den? Das ist ein Räumungsbefehl.

»Oder eine Einladung. Es liegt ganz bei dir.«

Sie ging und zog die Tür hinter sich zu. Ich hörte das scharfe Klicken des Riegels, gefolgt von dem langen, abwärtsführenden Klicken ihrer Absätze auf der Treppe. Dann das leise, schleifende Geräusch der Haustür, und danach der plötzlich lauter werdende Lärm eines Bulldozers, der mit klirrenden Stahlketten die Cornhill hochkam.

Ich kletterte auf den Sessel und legte mich auf den Rücken, alle viere von mir gestreckt. Ich schloss die Augen. Ja, ich tat mehr als das, ich kniff sie fest zusammen, holte mein kleines Fernrohr heraus und hielt nach Mam Ausschau. Ich erzählte ihr die Geschichte meines Lebens, die mit »Dies ist die traurigste Geschichte, die ich je gehört habe« begann. Ich lag den ganzen Morgen da, die Sätze trafen wie Karawanen aus der Wüste ein und brachten Bilder mit. Ich überlegte, wie ich die Geschichte nennen würde. Aber sie vermischte sich mit Wasser. Zuerst waren es Gläser voll

Wasser, die an der falschen Stelle auftauchten, dann Eimer voll Wasser, und schließlich waren es Flüsse und Ströme, in denen die armen Kamele kopfüber trieben und mit ihren knotigen Beinen fuchtelten, während ihre Höcker sie nach unten zogen. Ich hatte schrecklichen Durst. Vielleicht lag es an Gingers salzigem Schweiß, der mir dieses Gefühl gab, aber ich wusste, dass ich Wasser finden musste. Ich rutschte vom Sessel, auf dem ich mit Freuden den Rest meines Lebens verbracht hätte, wenn dort Wasser gewesen wäre, und nahm den Fahrstuhl nach unten. Ich war schwächer, als ich gedacht hatte, und wäre mehrmals fast abgestürzt. Ich fragte mich, ob ich es je wieder nach oben schaffen würde.

Im Laden machte ich halt. Das Schaufenster war eingeschlagen, und der Regen hatte eine dünne Pfütze am Rand des Fensterbretts hinterlassen. Ich trank alles auf und leckte dann die Feuchtigkeit von den größeren Glasscherben. Ich kroch in die Ecke, wo die Kasse gestanden hatte, und schlief ein. Zum ersten Mal seit Wochen träumte ich nicht. Später am Nachmittag wurde ich von einem gewaltigen Stoß geweckt, gefolgt von einem Schauer aus Staub und Putz. Ich öffnete die Augen. Ein schmaler Riss hatte sich in der Wand über mir geöffnet. Ich steckte meinen Kopf hinein und schaute nach draußen auf das, was von unserer Straße noch übrig war. Die meisten Häuser auf der anderen Seite waren fort, und an ihrer Stelle ragten ganze Schuttberge auf. Eine riesige gelbe Maschine, schlammbespritzt und knurrend, rumpelte wie ein Dinosaurier durch die Schluchten. Ihr Name war Caterpillar. Während ich zuschaute, öffnete sie ihr gewaltiges Maul und begann an einer Betonsäule zu kauen, die einst zur Rückwand von Dawson's Beer and Ale gehört hatte, wobei ihr Klumpen und Brocken aus dem Maul purzelten wie Reis aus einem Babymund. *Ein Fenster zum Ende der Welt.* Nach ein paar Minuten wandte ich mich ab. Ich hatte mein Leben damit verbracht, durch Spalten in die Welt zu schauen, und ich hatte es satt.

Doch noch während ich mich von dem Riss mit seinem Ausblick auf die sterbende Gegenwart abwandte, tat sich vor mir sofort ein anderer auf, diesmal ein Spalt in der Zeit. Erinnerungen strömten wie ein Ozean herein.

Und ich war wieder durstig. Ich ging hinunter in den Keller, um zu sehen, ob noch Wasser in der Toilette war. Diesmal benutzte ich die Treppe. Als ich die unterste Stufe erreichte, erbebte das gesamte Haus. Der Betonboden schien unter meinen Füßen Wellen zu schlagen. Die Neonröhre an der Decke, die über mir geflimmert und gesummt hatte, während ich mir vor so langer Zeit, erst gestern, den Weg zu einer anderen Art Licht erkaut und erlesen hatte, flimmerte schon seit Wochen nicht mehr. Jetzt schwang sie wie ein dunkles Pendel, schwang und bebte im düsteren Rhythmus der großen Zerstörungswelle, die über die Cornhill hereinbrach. Ich ging unter ihr hindurch, und nur Augenblicke später krachte sie hinter mir auf den Boden. Gewölbte, milchige Glassplitter flogen durch den Raum und prasselten mir wie trockener Regen auf Kopf und Rücken. Rattenfüße auf zerbrochenem Glas, leise und ohne Bedeutung. Die Tür unter TOI-

LETTE stand auf, und die Kloschüssel lag in zwei Teile zerbrochen am Boden. Kein Wasser. In meinem trockenen Keller. Ginger hatte recht, das war wirklich das Ende. Ich dachte an meinen kleinen Flügel im obersten Stock, zerquetscht unter herabstürzenden Balken. Ich konnte nichts mehr zu seiner Rettung tun. Als der erste Balken daraufgefallen war, stellte ich mir vor, hatte er seinen letzten piepsigen Ton von sich gegeben, und niemand hatte es gehört. Ich überlegte, ob ich in einem der riesigen Puppenhäuser bis ganz nach oben klettern und mich dann hinabstürzen sollte, befürchtete aber, nicht genug Gewicht zu haben, um an dem Sturz zu sterben. Ich würde nur wie ein Blatt zur Erde trudeln. Ich erwähne diese Gedanken, weil sie mir gerade durch den Kopf gingen, als ich das Buch erblickte. Es lag eingeklemmt unter dem Warmwasserbereiter, und nur eine Ecke schaute heraus. Ich erkannte es sofort und machte mich daran, es rauszuzerren. Auf dem Einband sah ich die Spuren meiner Babyzähne, und einige der zerrissenen Seiten zeigten noch Abdrücke von Flos dreckigen Pfoten, wo sie sich zum Reißen abgestützt hatte.

Und da war ich mir sicher.

Es kostete mich viel Zeit und all meine Kraft, das Buch hinter dem Gerät herauszuzerren und in das zu schleppen, was von unserem alten Nest in der Ecke noch übrig geblieben war, ein paar Häufchen verdrecktes Konfetti fast ohne Geruch. Sobald ich dort war, konnte ich die Geräusche der Welt kaum mehr vernehmen. Das Dröhnen der Laster wurde zum Windhauch. Das Krachen und Rumsen der zusammenfallenden Wände wurde zur Brandung gegen schwarze Felsen. Und die Sirenen und Autohupen wurden zu den traurigen Schreien der Seevögel. Es war Zeit zu gehen. Jerry sagte gerne, wenn man sein Leben nicht noch mal von Anfang an leben wolle, dann habe man es verschwendet. Ich weiß nicht so recht. Obwohl ich mich glücklich schätze, das Leben gelebt zu haben, das ich hatte, würde es mir nicht gefallen, noch einmal so vom Glück begünstigt zu sein. Ich riss ein Stück aus dem hinteren Teil des Buches heraus und faltete es ganz klein zusammen. Es wurde ein Pfropfen. Ich machte mir eine kleine Kuhle im Konfetti, hielt den Pfropfen mit den Vorderpfoten fest und las, was obendrauf stand. Die Worte hallten wie Trompeten in meinen Ohren wider: *»Ho hänge! Hänge Hoch! Und das Geklirre unsres Gekreisches bis wir entspringen um frei zu sein.«*

Ich drehte mich einmal in meinem Nest um, faltete den Pfropfen auseinander, bis er wieder ein Stück von einer Seite war, einer Seite aus einem Buch, einem Buch von einem Mann. Ich faltete sie ganz auf und las: *»Doch ich verleere sie die hier und alles verlor ich. Einersamm in Lassenheit mein. Für all ihre Fehler. Ich entfleuße. O bittres Ende! Sie werden's nie sehen. Noch wissen. Noch mich vermissen. Und's ist trübe und trübe es ist bejahrt und trübe es ist bejahrt und benommen.«*

Ich starrte auf die Worte, und sie verschwammen oder verschleierten sich nicht. Ratten haben keine Tränen. Trocken und kalt war die Welt, wunderschön die Worte. Worte des Abschieds und des Lebewohls, adieu und bis dann, von dem Kleinen und dem Großen. Ich faltete die Passage wieder zusammen und aß sie auf.

Anmerkungen des Autors

Den Scollay Square hat es tatsächlich gegeben, und seine Zerstörung hat tatsächlich stattgefunden. *Firmin* ist jedoch ein fiktives Werk. Gelegentlich habe ich mir – oder Firmin – erlaubt, Ereignisse und Geografie zugunsten der Geschichte ein wenig zurechtzubiegen. Zum Beispiel war Edward Logue, Leiter der »Neugestaltung«, während des Zweiten Weltkriegs wirklich Bombenschütze in Europa, trug aber, soweit ich weiß, nie den Spitznamen Bomber, und ich glaube auch nicht, dass er seinen Plänen Fotos der Ruinen von Stuttgart und Dresden beilegte. Und obwohl das ursprüngliche Tabernakel der Milleriten in der Tat in ein Theater umgewandelt wurde, brannte dieses Gebäude bereits 1846 bis auf die Grundmauern ab; das Old Howard Theater, das Firmin gekannt haben könnte, wurde an derselben Stelle erbaut. Und während es das Rialto Theater wirklich gegeben hat, das tatsächlich als Kratzbude bekannt war, verfüge ich über keine Hinweise, dass dort nach Mitternacht Pornofilme gezeigt wurden. Viele Informationen über den Square verdanke ich David Kruhs Buch *Always Something Doing: Boston's*

Infamous Scollay Square, obwohl Mr Kruh natürlich nicht für die Verbiegungen oder Fehler verantwortlich ist. Schließlich möchte ich noch eine Dankesschuld gegenüber dem verstorbenen George Gloss einräumen, dem Besitzer des Brattle Book Shop am alten Scollay Square, der mir Bücher zu einem Spottpreis verkaufte, die ich heute noch besitze, der vermutlich nie einen Safe voll indizierter Literatur besaß und der, angesichts der Zerstörung seines Ladens, alle Bücher verschenkte, die man in fünf Minuten hinaustragen konnte.

Preeta Samarasan

Abend ist der ganze Tag

Roman

Aus dem Amerikanischen von Sabine Hübner und Nicola Volland
480 Seiten. Gebunden mit Schutzumschlag
ISBN: 978-3-550-08735-6

Vom Leben zwischen Sehnsucht und Lüge

Auf der Halbinsel Malakka lebt seit Ende der fünfziger Jahre die indische Familie Rajasekharan. Voller Poesie und Hingabe erzählt Preeta Samarasan die Geschichte von drei unter einem Dach lebenden Generationen. Trotz der alles bestimmenden Hoffnung auf Liebe und Anerkennung beschwören sie eine Katastrophe herauf. Ein großer Familienroman vor dem Hintergrund der bewegten Geschichte Malaysias.

»Brillant schildert Samarasan den ewigen Konflikt des Individuums zwischen Öffentlichkeit, Familie und dem verborgenen Selbst, das gefangen ist in einer mythischen, rätselhaften Welt.«
Susanna Moore

ullstein